FOLIO JUNIOR/ANIMORPHS

Même le livre se transforme !
Faites défiler rapidement
les pages et regardez...

Déjà parus dans la série

ANIMORPHS

K. A. Applegate

LA DÉCOUVERTE

Traduit de l'américain
par Florence Meyeres

ANIMORPHS

FOLIO JUNIOR/**GALLIMARD** JEUNESSE

Pour Michael et Jake

Titre original : *The Discovery*
Edition originale publiée par Scholastic Inc., 1998

Illustration de couverture : David B. Mattingly

CHAPITRE 1

Je m'appelle Marco.

Elle s'appelle T'Shondra.

Un joli nom, n'est-ce pas ? Un joli nom pour une jolie fille. C'est exactement ce que je lui ai dit en m'approchant d'elle d'une manière décontractée.

– T'Shondra, ai-je fait.

– Marco, m'a-t-elle répondu.

– Un joli nom pour une jolie fille.

– Lequel ? Marco ?

– Non, T'Shondra.

– Quoi ?

– T'Shondra, je trouve que c'est un joli nom pour une jolie fille.

– Ah, vraiment ! s'est-elle exclamée en me lançant un drôle de regard. Pour une jolie fille, hein ? Pour une jolie fille. Mais pas pour moi, c'est ça ? C'est ce que tu es en train d'insinuer ? Tu es venu me voir ici, l'air de rien, pour me dire que je devrais donner mon nom à une jolie fille parce que moi je suis trop moche pour le porter ?

A ce moment-là, j'aurais dû m'expliquer. Mais j'avais le mauvais pressentiment d'avoir laissé passer ma chance. Vous savez, comme si tout ce que j'allais pouvoir dire maintenant n'allait faire qu'aggraver les choses.

– Et si nous faisions comme si cette conversation n'avait jamais eu lieu ? ai-je suggéré. Si je partais tout simplement voir ailleurs ?

– Je pense que c'est une bonne idée.

Bon, où en étais-je ? Ah oui, mon prénom est Marco. Et je ne peux pas vous dire mon nom de famille, ni où j'habite. Pourquoi ? Parce que j'espère vivre assez longtemps pour arriver à comprendre les filles, voilà pourquoi. Enfin quoi, est-ce que c'est moi, ou est-ce qu'elles sont vraiment trop susceptibles ?

L'autre jour, je parlais avec une fille qui s'appelle Danielle. Elle fait pas mal de sport, donc elle est assez musclée. Mais ça lui va bien. J'insiste là-dessus, ce n'est pas laid du tout. Alors je le lui ai fait remarquer.

– Whaou, Danielle, tu es vraiment en forme.

Regarde-moi ces épaules. On dirait des épaules de garçon.

Comment a-t-elle réagi ? Croyez-vous qu'elle ait dit : « Merci pour le compliment Marco » ? Non. Elle a appelé ce garçon avec qui elle traîne tout le temps, Justin Mullins, et elle a crié :

– Marco trouve que je ressemble à un garçon !

Et voilà. Le résultat, c'est que je me suis retrouvé en train de détaler dans le couloir en hurlant :

– Ce n'était pas une critique ! Arrête de me courir après. C'était un compliment !

Mais je m'égare. J'ai été poursuivi par des ennemis autrement plus dangereux que Justin Mullins. J'ai été poursuivi par des guerriers hork-bajirs. J'ai été poursuivi par des Taxxons. J'ai été poursuivi par Vysserk Trois lui-même.

Il y a une chose que vous devez savoir : la vie sur terre n'est pas ce que vous croyez. Il se passe des choses que vous ne soupçonnez pas.

L'invasion de la Terre a commencé. Et les envahisseurs sont des créatures pas vraiment sympathiques appelées les Yirks. Il s'agit d'une espèce parasite, comme les vers solitaires. Mais au lieu de s'attaquer à vos intestins, ils s'introduisent dans votre tête.

Ils vous contrôlent. Entièrement. Sans vous laisser la moindre liberté. Vous n'êtes plus qu'une marionnette dont ils tirent les fils. Les personnes qui ont un Yirk dans la tête, nous les appelons des Contrôleurs. Quand un de ces parasites pénètre dans votre cerveau, vous n'êtes plus rien d'autre qu'une poupée humaine.

Ils sont partout. Ils peuvent être n'importe qui. Vous ne pouvez jamais vraiment savoir. Votre père, votre mère, vos frères et vos sœurs, l'ouvrier qui vient réparer la chaudière, le présentateur affable du journal télévisé, l'homme politique, le professeur, le gentil petit enfant... Il n'y a aucun moyen de savoir. Aucun moyen de savoir qui est l'un d'eux et qui ne l'est pas.

Et qui combat pour résister à cette invasion extraterrestre ? Qui protège la Terre contre la conquête secrète et rampante de ces parasites qui s'attaquent aux cerveaux ?

Eh bien, préparez-vous au choc. Parce que les seuls à combattre les Yirks sont : moi, quatre de mes amis et une créature mi-cerf, mi-scorpion et mi-humanoïde andalite que nous appelons Ax.

Oui, je sais, ça fait un peu trop de « mi ».

En résumé, nous sommes une bande de copains qui essayons de sauver le monde.

Alors, vous commencez à vous inquiéter maintenant, non ?

Heureusement, nous possédons certains pouvoirs. Nous avons la capacité de devenir n'importe quel animal dont nous avons acquis l'ADN.

Ce n'est pas une blague.

Nous ne sommes pas nés comme ça. Nous ne sommes pas des phénomènes de foire. Nous ne faisons pas de numéro dans un cirque. Nous ne sommes pas non plus les X-men. Notre pouvoir de morphoser – c'est ainsi que nous appelons ça – nous vient de la technologie andalite. C'est une longue histoire que je vais essayer de vous résumer : un prince andalite qui était sur le point de mourir a utilisé une petite boîte bleue pour nous transmettre la capacité d'acquérir l'ADN d'un être vivant rien qu'en le touchant puis, en nous concentrant, de devenir cet être vivant.

Évidemment, sur Terre, nous ne sommes pas prêts d'inventer un tel procédé technologique. Les Andalites sont légèrement en avance sur nous. J'ai même cru comprendre qu'ils possédaient des ordinateurs qui ne tombent jamais en panne. Et je ne vous parle pas de ce vaisseau spatial qui voyage plus vite que la vitesse de la lumière.

Mais il y a une chose triste, une chose avec laquelle je ne me permettrai jamais de plaisanter, c'est ce qui s'est passé après qu'Elfangor nous a donné ce pouvoir. C'est quand Vysserk Trois, le chef des forces yirks sur la Terre, est arrivé avec des Hork-Bajirs et des humains-Contrôleurs et qu'il a assassiné Elfangor.

Vysserk Trois peut morphoser... oui, c'est exact, il possède également le pouvoir de l'animorphe. En tout, des millions de Hork-Bajirs ont été transformés en Contrôleurs. Et des millions de Taxxons. Et quelques milliers d'humains.

Mais il n'existe qu'un Andalite-Contrôleur. Un seul Yirk possède le corps d'un hôte andalite. Un seul possède le pouvoir andalite de l'animorphe.

Vysserk Trois.

C'est Vysserk Trois qui a morphosé en une créature monstrueuse dont il avait acquis l'ADN sur une planète lointaine. Et il a littéralement dévoré Elfangor.

Puis, ils ont fait disparaître la moindre trace du vaisseau de la victime.

La moindre trace. Enfin, c'est ce que je croyais.

Je m'éloignais de T'Shondra, balançant doucement ma tête et marmonnant pour moi-même à propos des filles, quand je l'ai vu.

Dans un premier temps, je n'ai même pas remarqué le garçon qui le tenait. J'ai juste repéré le cube.

Le cube bleu.

Le cube à morphoser.

CHAPITRE 2

– Hello ! ai-je fait au garçon qui tenait le cube bleu.

Je ne sais pas pourquoi j'ai dit ça, je ne suis pas le genre de type à dire « hello ! ». Mais c'est tout ce qui m'est venu à l'esprit. J'étais trop occupé à maîtriser les battements de mon cœur pour penser à autre chose.

Vous savez, ce cube bleu était supposé avoir été détruit.

Ce cube bleu qui, à lui seul, possédait plus de puissance que la moitié des armes de la Terre. Ce petit cube bleu qui pouvait donner à n'importe qui le pouvoir de l'animorphe.

Les Yirks auraient tout fait pour le récupérer. Et quand je dis tout, je vous parle de choses auxquelles vous ne voudriez même pas penser.

Alors j'ai fait :

– Hello !

Et le garçon s'est arrêté de marcher. Il m'a regardé comme s'il me connaissait, et qu'il n'arrivait pas à se rappeler mon nom.

Il était un petit peu plus grand que moi. Comme la plupart des gens. Il avait des cheveux blonds, des yeux marron, et son visage affichait une expression un peu théâtrale.

– Qu'y a-t-il ? m'a-t-il demandé.

– Heu... Je ne te connais pas, si ?

– Je suis nouveau.

– Ah ! me suis-je exclamé.

D'habitude, je trouve toujours quoi dire. Mais là, mon cerveau était pétrifié. Je scrutais le couloir rempli de monde, à la recherche de Jake. Ou de Cassie. Enfin, d'une personne raisonnable. Pas de Rachel. Pour Rachel, le meilleur moyen d'agir avec ce type aurait sûrement été de le traîner dans le premier cabinet de toilette venu, de morphoser en grizzly et de récupérer le cube de la manière la plus directe et la plus rapide qui soit.

Mais je n'ai pas vu Jake. Ni Cassie. Ni même Rachel.

– Eh bien, mon nom est Marco.

– Je suis David.

– David ! Super. Super prénom.

Il m'a fixé avec l'air de penser que je devais être un parfait idiot. Et pour être honnête, je ne faisais rien pour le faire changer d'avis.

– A plus tard, m'a-t-il dit en commençant à s'éloigner.

– Hé David ! l'ai-je appelé. Qu'est-ce que c'est que ce truc bleu ?

Il s'est retourné vers moi.

– Je ne sais pas. Je l'ai trouvé. Il était dans le chantier de construction qui se trouve en face du centre commercial. Il était coincé dans la fente d'un mur en ciment. Bien enfoncé. Comme si quelqu'un l'avait posé là.

– Ah oui ?

– Oui. C'est étrange. Je veux dire, j'ai l'impression qu'il s'agit de quelque chose, tu vois ? Que ce n'est pas seulement une vieille boîte ordinaire. Il y a des inscriptions gravées dessus. Mais on dirait une langue étrangère, ou quelque chose comme ça.

Drrrriiinnnnnnggg !

La douce sonnerie du collège m'a fait faire un bond d'environ trente centimètres.

– Hé ! Tu pourrais me le donner ? Il est vraiment trop bien. Si tu veux, je te l'achète...

J'ai commencé à retourner mes poches. Des boules de papier froissé... un très vieux chewing-gum à la menthe...

– Je pourrais te donner un dollar et trente-deux cents, lui ai-je proposé sans grande conviction, en lui tendant le billet, les pièces et le vieux chewing-gum.

– Marco, hein ? a-t-il fait.

– Oui, je suis Marco. Content de faire ta connaissance.

– Et moi, content de te dire bye-bye, m'a-t-il répondu.

Il s'est éloigné. A cet instant, mais trop tard, j'ai repéré Jake. Je me suis précipité sur lui, je l'ai agrippé par son blouson et je l'ai entraîné dans les toilettes des garçons.

– Un élève de ce collège a le cube bleu !

– Quel cube bleu ? a-t-il demandé en se dégageant de mon emprise.

– Le cube bleu.

Je me suis accroupi pour regarder sous les portes des cabinets si nous étions bien seuls.

– Le cube bleu d'Elfangor.

Jake est devenu tout pâle.

– Oh...

Drrrrrriiiiinnnnnggggggg !

CHAPITRE 3

Nous étions dans la grange. Dans la grange de Cassie. Aussi appelée le Centre de sauvegarde de la vie sauvage. Les parents de Cassie sont tous les deux vétérinaires. Et elle aime beaucoup les animaux elle aussi.

En fait, alors que nous étions tous complètement paniqués, elle donnait calmement des cachets à un énorme cygne.

– Comment se fait-il que ce cube bleu n'ait pas été détruit ? s'est étonnée Rachel. Les Yirks ont bombardé le vaisseau d'Elfangor de rayons Dracon jusqu'à ce qu'il n'en reste plus rien. Nous y étions. Nous avons vu ce qu'ils ont fait.

Nous nous sommes tous retournés vers Ax. Parfois, il n'assiste pas à nos réunions. Mais nous avions besoin de lui dans le cas présent. Il était dans son

corps d'Andalite, qui est carrément étrange : de la fourrure bleue et brune, des bras malingres, de trop nombreux doigts, quatre sabots, une queue redoutable plus rapide qu'un fouet, pas de bouche, et une paire d'yeux supplémentaires au bout de courts tentacules capables de regarder dans n'importe quelle direction.

Ax est notre expert en matière de bizarreries extraterrestres. Il faut dire qu'il est lui-même une bizarrerie extraterrestre.

– A ton avis Ax, que s'est-il passé ? lui a demandé Jake.

< Je ne sais pas >, a-t-il répondu en utilisant la parole mentale andalite.

– Comment ça, tu ne sais pas ? est intervenue Rachel. Est-ce que ces cubes possèdent une propriété particulière ? Sont-ils protégés contre les rayons Dracon ?

< Non, ils peuvent être détruits par les rayons Dracon. Ce qui me semble le plus probable, c'est qu'il s'agisse d'un incident à faible coefficient de chance. >

– Est-ce le terme andalite pour désigner un phénomène insolite ? ai-je voulu savoir.

< Oui. Le rayon Dracon qui a frappé le vaisseau de

mon frère a peut-être créé une pression explosive anormale. Le procédé Escafil a pu être simplement projeté à grande vitesse dans les airs. >

< Le quoi ? > a fait Tobias.

Tobias se trouvait à sa place habituelle : perché dans la charpente, ce qui lui permettait de surveiller les environs par la lucarne du grenier. Tobias est l'un des nôtres, enfin pas exactement. Il est ce que les Andalites appellent un nothlit. Il s'agit d'une personne qui est restée morphosée plus de deux heures et qui s'est ainsi retrouvée prisonnière de l'animorphe.

C'est une longue histoire.

Enfin, Tobias est désormais un faucon à queue rousse. Et durant nos petites réunions, il se sert de sa vue perçante et de son excellente ouïe de rapace pour s'assurer que personne ne vient fourrer son nez dans nos affaires sans que nous le sachions.

< Nous appelons cela un procédé Escafil. En fait, il possède plusieurs noms. Escafil est l'inventeur de la technologie de l'animorphe. Vous savez, c'est une découverte absolument géniale. Le procédé provoque une régénération cellulaire en cascade propulsée dans l'Espace-Zéro... >

– On s'en fiche ! l'ai-je interrompu. Elles peuvent cas-

cader dans l'Espace-Zéro tant qu'elles veulent tes cellules, je n'en ai rien à faire. Tout ce que je sais, c'est que cette chose, cette boîte, ce procédé, ce cube à morphoser, est actuellement entre les mains d'un garçon nommé David, qui pense que je suis un parfait imbécile.

Rachel a hoché la tête pensivement.

– Alors, s'il pense que Marco est un imbécile, il ne doit pas être si mal que ça après tout.

Elle a battu des cils en me regardant pour me montrer qu'elle plaisantait.

J'adore quand elle fait ça.

– Il faut que nous récupérions cet objet, ai-je repris.

– Oui, a approuvé Jake. C'est ce que nous allons faire.

– Avant qu'il ne se doute de quoi il s'agit, a ajouté Cassie qui prenait la parole pour la première fois. Et encore plus important, avant que les Yirks ne découvrent qu'il est en sa possession.

J'ai regardé Cassie, longuement et intensément. Je ne sais pas si vous êtes au courant, mais il y a eu un petit problème avec Cassie. Elle a quitté les Animorphs, je crois qu'elle ne supportait plus certaines choses que nous sommes obligés de faire.*

*Voir Animorphs n° 19, Le départ

Elle est revenue, bien sûr. Mais depuis, je me sens un petit peu mal à l'aise avec elle. Cassie est trop préoccupée par la morale et l'éthique. Elle est toujours à se demander si telle ou telle chose est bonne ou mauvaise. Moi, je me demande juste si ça va marcher ou non.

J'ai pensé faire une remarque ironique, mais j'ai finalement décidé de fermer ma grande bouche. Cassie m'a sauvé la vie plus d'une fois. Et vous passez bien des choses à quelqu'un à qui vous devez la vie.

– Bien, nous avons besoin d'informations, a décidé Jake. D'abord, nous devons savoir où habite ce garçon. Ensuite, nous nous rendrons chez lui et nous récupérerons la boîte bleue.

< Il faut faire attention à ne pas éveiller ses soupçons >, a ajouté Tobias.

– Nous devons également éviter de le blesser, a prévenu Jake. Il est innocent dans toute cette affaire.

– Pas de problème, a fait Rachel. Ce n'est ni un Hork Bajir, ni un Taxxon, ni Vysserk Trois. Un simple collégien ? Une rigolade. Une véritable promenade de santé.

Habituellement, j'ai toujours un mauvais pressentiment chaque fois que l'on me dit que quelque chose

se passera sans problème. Mais là, je n'étais absolument pas inquiet.

Alors maintenant, je réagis autrement : chaque fois que je ne m'inquiète pas, ça m'inquiète.

CHAPITRE 4

Nous attendions à la terrasse du fast-food, au bord de la rue. Juste nous quatre. Ax aurait été un peu trop visible et, dans son animorphe humaine, on ne peut absolument pas lui faire confiance, pour peu qu'il y ait de la graisse et du sel à proximité. Tobias était parti en éclaireur au domicile de David.

Il faisait nuit, mais il y avait plein de lumières : les phares des voitures qui circulaient, une lueur étrange venant de la casse automobile qui se trouvait de l'autre côté de la route et les enseignes du fast-food.

Il faisait frais, nous étions donc habillés chaudement. Cela posait un problème car, si nous devions morphoser, il faudrait que nous enlevions nos vêtements. Nous avions donc élaboré un plan. Deux d'entre nous devaient rester à l'arrière, un garçon et une fille. Nous nous cacherions dans les toilettes pour

nous déshabiller, puis les deux qui restaient récupéreraient les vêtements.

C'est un problème de ne pas pouvoir morphoser tout habillé. Nous ne pouvons garder que des affaires qui nous collent au corps.

– Celui qui a la plus petite moitié reste ici, ai-je prévenu.

J'ai coupé deux frites en deux. J'ai coincé les morceaux entre mon pouce et mon index.

– Allez Jake, à toi. Attrape une frite.

Il a tiré un petit morceau.

– On dirait que je vais aller faire un petit tour, tandis que tu vas te retrouver de corvée de W-C, ai-je remarqué joyeusement.

Cassie et Rachel ont tiré à leur tour. Rachel a gagné. Ou perdu, tout dépend comment vous voyez les choses.

– Toi et moi, Xena, ai-je fait.

Rachel m'a jeté un coup d'œil malicieux.

– Si moi, je suis Xena, devine un peu qui tu es, toi.

– Hercule, évidemment.

– Non, je pensais plutôt à Joxer. Tu vois, le nabot qui est toujours dans les pattes de Xena.

– D'accord, tu l'auras voulu.

J'ai posé mon coude sur la table, et je me suis mis en position pour commencer un bras de fer.

– Pas de problème, allons-y, réglons ça une bonne fois pour toutes.

Jake s'est mis à bâiller.

– Est-ce qu'on ne pourrait pas mettre un scorpion de chaque côté pour rendre la chose plus intéressante ?

Rachel a fait une grimace et a posé son bras contre le mien. Nos mains se sont refermées l'une sur l'autre. J'ai forcé. Elle a forcé. Et puis…

– Aïe !

J'ai ressenti une douleur soudaine au genou.

Une seconde après, ma main s'écrasait contre la table.

– Tu m'as frappé ! Elle m'a frappé sous la table ! Jake, ta cousine m'a frappé !

Rachel s'est mise à rire.

– Qu'importe la manière du moment qu'on gagne ?

Cassie a froncé les sourcils.

– Tu ne penses pas vraiment ce que tu dis, Rachel. Attends, en fait, je suis sûre que si.

– Malheur, vous deux, tout seuls, pour assurer cette mission, marmonna Jake. Ça va être pire que le naufrage du *Titanic*.

Rachel et moi nous sommes regardés avant d'éclater de rire.

– Le naufrage du *Titanic*, a répété Rachel en riant de plus belle.

– Oui, mais lequel d'entre nous fera le bateau ?

Mais je suis soudain redevenu sérieux.

– Erek, ai-je dit à Jake.

Erek King est un garçon qui fréquente notre collège. Enfin, c'est ce qu'il paraît être, il agit et parle comme un collégien. Mais tout ce que vous voyez de lui est une projection holographique. Le véritable Erek se cache derrière cette image. Le véritable Erek est un Androïde.

Erek est un Chey. Les Cheys sont de très très vieux androïdes créés par les Pémalites, une espèce aujourd'hui disparue. Ces androïdes sont incapables de commettre des actes violents, bien qu'ils soient incroyablement puissants. Mais ils haïssent les Yirks, et ils aiment les humains. Ou, plus exactement, ils sont fous des chiens, et ils aiment les humains parce que, nous aussi, nous apprécions les chiens.

Là encore, il s'agit d'une longue histoire.*

L'essentiel, c'est que les Cheys soient nos alliés, et ils sont étonnamment au point pour infiltrer les Yirks.

*Voir Animorphs n°10, l'Androïde.

– Hé, Erek, a fait Jake comme si de rien n'était.

Rachel a hoché la tête. Cassie a souri.

– Salut tout le monde, alors quoi de neuf ? a demandé Erek, comme l'aurait fait n'importe quel autre garçon de son âge, lui qui était en fait un robot si âgé qu'il avait participé à la construction des pyramides.

– Pas grand-chose, ai-je répondu, prenant la parole avant que Cassie n'ait pu lui expliquer ce que nous nous préparions à faire.

Nous faisons confiance aux Cheys, mais il n'y a aucune raison pour que nous leur donnions plus d'informations qu'il n'est nécessaire.

Je suis méfiant de nature.

– Et toi, quoi de neuf Erek ? a voulu savoir Jake.

Erek s'était acheté un hamburger dont il défaisait l'emballage. Il a mordu dedans et a commencé à mâcher. Je savais qu'en réalité la nourriture était simplement incinérée à l'intérieur de son corps d'androïde.

– Sans fromage ? me suis-je étonné.

Il a remué doucement la tête et a fait une grimace.

– J'essaie de ne pas dépasser ma ration de graisse quotidienne.

– Oui, tu as raison. Tu veux pouvoir atteindre un âge honorable. Combien ? Quelques millions d'années ?

Erek s'est mis à rire. Puis il a posé son hamburger.

– Il se passe quelque chose de très important. Personne n'est encore au courant. Et rien ne sera annoncé publiquement tant que tout ne sera pas fini. Pour des raisons de sécurité.

– De quoi s'agit-il ? a demandé Rachel avec impatience en se penchant vers lui.

– Oh, rien de grave, a répondu calmement l'androïde. Juste un sommet de chefs d'État organisé ici, en ville. Les présidents, ou Premiers ministres, de Grande-Bretagne, de France, de Russie, du Japon, d'Allemagne et des États-Unis vont se réunir pour réfléchir sur les problèmes du Moyen-Orient.

– Hum hum, a fait Rachel, pas du tout impressionnée. Et alors ?

– C'est la cible idéale, a expliqué Cassie. Les dirigeants de six puissantes nations ? Tous réunis dans un même lieu en même temps ? Juste ici, à l'endroit où les Yirks sont le mieux implantés ?

Jake s'est rapproché tout près d'Erek.

– Tu as des raisons de penser que les Yirks vont s'en prendre à tout ce beau monde ?

Erek a acquiescé.

– Oui, ils sont en train de préparer un plan. Les personnalités doivent commencer à arriver après-demain. Leur lieu de résidence sera l'immense domaine Marriott, sur la côte.

– C'est peut-être une chance, a remarqué pensivement Cassie. Si nous pouvions, d'une manière ou d'une autre, réussir à leur prouver ce qui est en train de se passer… Je veux dire, les Yirks pourraient être démasqués.

– Et le mauvais côté des choses, si les Yirks transforment ces types en Contrôleurs, c'est la fin de tout, nous sommes fichus, ai-je ajouté.

– Il y a un gros problème, a repris Erek.

– Un seul ? ai-je fait ironiquement.

– D'accord, beaucoup de gros problèmes, et un énorme problème, a-t-il rectifié sans faire de sourire avec son visage holographique. Un des chefs d'État est déjà un Contrôleur. Si vous faites le mauvais choix, que vous entrez en contact avec le mauvais drigeant, vous…

Il n'a pas terminé sa phrase.

– Et tu ne sais pas de qui il s'agit ? a demandé Jake.

Erek a haussé les épaules.

– Si je le savais, ce serait juste un gros problème, pas un énorme.

CHAPITRE 5

Erek est parti, et nous sommes restés assis là, tous les quatre, à nous regarder. Aucun de nous ne pouvait imaginer un monde où le président des États-Unis, ainsi que la plupart des dirigeants des nations les plus puissantes de la planète, seraient esclaves des Yirks.

Nous devions essayer de les arrêter.

– Bon, une chose à la fois, a décidé Jake. Réglons d'abord le problème du cube bleu.

Soudain, j'ai senti quelque chose passer au-dessus de nos têtes. Tobias est arrivé comme une flèche avant de se poser sur une lettre de l'enseigne lumineuse du fast-food.

< Pas de problème, nous a-t-il annoncé. La fenêtre du gamin est grande ouverte. J'ai vu le cube bleu posé sur son bureau. On peut entrer et sortir sans difficulté.

J'aurais pu le faire moi-même, mais tu m'as juste demandé de te faire un rapport. >

Jake a approuvé d'un mouvement de tête, comme s'il s'adressait à moi. On ne peut utiliser la parole mentale que lorsqu'on est en animorphe. Tobias le pouvait, pas nous.

Il a redressé sa tête de rapace et nous a fixés avec intensité.

< Quelqu'un est mort ou quoi ? Vous avez un air sinistre, on dirait que vous venez d'apprendre que les vacances scolaires ont été supprimées. Enfin, c'est pas grave, vous m'expliquerez plus tard. >

Sur un ton tout à fait anodin, Jake a ajouté :

– Parfait, finissons-en avec ça. Rachel et Marco, allez-y.

Nous sommes entrés dans le fast-food, comme un groupe de jeunes ordinaires. Jake et moi nous sommes dirigés vers les toilettes des hommes. C'était une toute petite pièce, sans cabines. Il n'y avait personne d'autre. On s'est enfermés à clef.

Je me suis débarrassé de mon sweat-shirt.

– Ne perds surtout pas ce sweat, ai-je fait, il a été signé par Michael Jordan.

– Marco, ça remonte à deux ans, et tu l'as au moins

lavé une fois depuis. On ne voit plus du tout l'autographe.

– Est-ce que j'ai prétendu le contraire ? J'ai juste dit qu'il a porté sa signature. Il a une valeur sentimentale.

Jake a jeté un regard sur le décor sinistre qui nous entourait.

– Ça fait partie des joies de la vie de superhéros...

– Ouais, et que sont devenues les cabines téléphoniques qu'utilisait toujours Superman pour se transformer ?

– Tu sais quoi ? Je n'arrive toujours pas à m'habituer au nouveau Superman, a remarqué Jake.

Je commençai à me concentrer sur mon animorphe. C'était un boulot de transporteur aérien, il n'y avait qu'un oiseau pour s'engouffrer par la fenêtre, attraper la boîte et s'enfuir à tire-d'aile.

Tout se passerait bien, avait prédit Rachel, il n'y avait pas à s'inquiéter, surtout si on comparait ça à ce qu'Erek venait de nous révéler.

Je connaissais bien cette animorphe, celle du balbuzard. C'est un animal proche du faucon. On le trouve habituellement près des points d'eau, car il se nourrit de poissons. Il est plus rare d'en voir dans les toilettes pour hommes d'un fast-food !

Je me suis concentré très fort et je me suis mis à rapetisser. Je me suis soudain trouvé nez à nez avec l'urinoir et Jake m'a semblé encore plus grand que d'habitude.

Soudain, on a entendu frapper : Boum ! Boum ! Boum !

– C'est occupé, a hurlé Jake.

Je continuais à morphoser. Ma peau était devenue grise, grise comme un tableau d'école tout sale. Comme si cela faisait déjà quelques semaines que j'étais mort. Permettez-moi de vous dire que c'est assez bizarre de voir son corps prendre cette teinte.

Mais pas aussi bizarre que de voir un plumage se dessiner sur sa peau et des plumes en surgir tout à coup.

Mes doigts se sont mis à s'allonger démesurément comparé à mes mains et à mes bras. Tout en s'allongeant, ils sortaient de ma peau pour devenir des os secs et blancs d'oiseau.

– Beurk ! a fait Jake dégoûté mais amusé, c'est la première fois que j'assiste à une animorphe en spectateur.

– Oh, tu sais, je me passerais bien de t'offrir ce numéro ! ai-je fait.

On ne peut jamais vraiment prévoir comment se déroulera la transformation. Ça ne se passe pas toujours en douceur ; il y a aussi des étapes, des phases imprévisibles et bizarres, horribles à voir.

Je n'étais jamais passé par la phase des os à vif, et ça n'était pas vraiment joli joli.

Boum ! Boum ! Boum !

– Il y a quelqu'un ?, a demandé une voix.

– Oui, c'est occupé ! a crié Jake.

– Sortez de là immédiatement !

– Qu'est-ce que vous dites ? a repris Jake.

– Qu'est-ce qu'il diiiiiiit ?

A cet instant précis, mes lèvres étaient devenues un bec tout dur.

– Vous ne seriez pas en train de vous droguer là-dedans ? a continué la voix.

– Non !

Jake a posé un regard affolé sur moi.

– Dépêche-toi.

– Sortez de là, immédiatement !

Une nouvelle voix. Très autoritaire. J'ai entendu le bruit d'une clef qui tournait dans la serrure.

– Arrête de morphoser ! m'a ordonné Jake. Tiens-toi bien droit et ne dis rien !

Je suis resté là, j'étais à quatre-vingt-dix pour cent un balbuzard. Je mesurais peut-être un mètre, debout sur mes serres.

Jake m'a passé le sweat-shirt. Il a rabattu la capuche sur ma tête et a tiré sur les cordons.

La porte s'est ouverte. Deux personnes se tenaient là et nous fixaient : un jeune homme avec l'uniforme du fast-food et le directeur de l'établissement.

– J'ai juste accompagné mon petit frère aux toilettes, a expliqué Jake en me tapotant l'épaule.

Le jeune homme et le directeur ont posé les yeux sur moi. J'étais habillé d'un sweat bien trop grand pour moi qui me tombait sur les pieds. Ce qui était une bonne chose, vu que mes pieds étaient des serres. Mes manches pendaient lamentablement.

– Ton petit frère ? a répété l'homme plus âgé. Pourquoi porte-t-il des habits si grands ?

– Hé, c'est un sweat dédicacé par Michael Jordan ! s'est exclamé Jake, comme si c'était une explication suffisante.

– Son visage a quelque chose de bizarre ! a remarqué le plus jeune.

Jake a mis le bras autour de moi de manière protectrice.

– Ne les écoute pas, Tommy, a-t-il dit avec un sanglot dans la voix. Ton visage est très beau ! Très beau, crois-moi ! Les docteurs ont promis qu'il redeviendrait normal un jour.

– Hé, je ne voulais pas... a repris le jeune homme.

– Qu'est-ce qu'il a ? a demandé le directeur avec une voix grave. Je veux dire, sa maladie.

Jake est soudain resté silencieux.

– Hummm...

< Une becquite aiguë >, lui ai-je chuchoté en parole mentale.

– Une becquite aiguë, a répété Jake.

< Une excroissance qui prend la forme d'un bec >, ai-je continué.

– C'est une, euh... une excroissance qui prend la forme d'un bec, a repris Jake.

< C'est une maladie tragique, car elle n'affecte que des personnes qui sont très très belles >, ai-je insisté.

– Oh, la ferme, a marmonné discrètement Jake.

Il m'a poussé dehors. J'ai marché aussi vite que j'ai pu, avec des serres à la place des pieds et un sweat qui était dix fois trop grand pour moi.

CHAPITRE 6

David vivait dans une maison assez ordinaire : un étage, une pelouse avec un barbecue et une balançoire rouillée. Et aussi une piscine.

J'ai tout de suite été jaloux. Je n'ai pas de piscine.

Sa chambre était à l'étage.

Tobias, Rachel et moi sommes passés au-dessus de chez lui à environ vingt-cinq mètres d'altitude. Je comprenais pourquoi Tobias n'aime pas voler la nuit. Dans l'obscurité, les yeux de faucon ne sont pas meilleurs que les yeux humains. Et une fois que le soleil s'est couché, vous ne pouvez plus compter sur les thermiques, ces courants d'air chaud ascendants qui vous aident à voler.

Il a donc été difficile de battre des ailes pour parcourir la distance qui séparait le fast-food de l'endroit où habitait David. Et ce n'était pas la seule difficulté.

Avez vous déjà essayé de distinguer une maison d'une autre en pleine nuit ? A vingt-cinq mètres d'altitude ? Ce n'est pas facile. Mais la piscine était éclairée et, en plus, David était dans l'eau. Il faisait des longueurs.

Sa chambre était également éclairée, ce qui nous a aidés, et j'ai immédiatement repéré le cube bleu sur le bureau.

< Ok, j'y vais ! > nous a avertis Rachel.

< Hum, hum, je ne crois pas, est intervenu Tobias. Tu es trop grande pour passer par la fenêtre avec cette animorphe d'aigle. Nous ferions mieux d'y aller tous les deux avec Marco. >

< Oh, non ! > a-t-elle grogné.

Mais elle savait que Tobias avait raison.

< Préviens-nous si David sort de la piscine >, a-t-il ajouté.

Il a alors laissé glisser l'air sous ses ailes et s'est mis à planer silencieusement en direction du rectangle lumineux de la fenêtre.

Mais j'ai réussi à passer devant lui.

< Ha ! ha ! > me suis-je exclamé.

< Marco ! Attention si tu passes en premier. Il va falloir que tu déploies tes ailes pour freiner, dès que tu seras à l'intérieur. Je veux dire, dès que tu pourras,

sinon tu vas aller embrasser le mur du fond. >

< Hé, je ne suis pas aussi expérimenté que toi, Tobias, mais je ne suis pas un parfait idiot. >

< Non, tu es un idiot imparfait ! > a ajouté aimablement Rachel.

J'ai visé, plongeant dans le noir, droit sur la fenêtre. C'était super. J'avais l'impression de faire atterrir un avion de combat sur un porte-avions de nuit. Avec juste une cible lumineuse à atteindre dans l'obscurité.

< Fais attention à ne pas te prendre le bâton >, m'a averti Tobias.

Il était juste quelques mètres derrière moi.

< Quel bâton ? > ai-je demandé.

Et je me suis soudain aperçu que la fenêtre était juste devant moi ! La lumière m'avait empêché de bien évaluer la distance ! Elle m'avait semblé bien plus loin.

J'ai essayé de ralentir, prêt à mettre mes ailes en opposition dès que je serais à l'intérieur. C'est à ce moment que j'ai vu le bout de bois. Il maintenait la fenêtre ouverte. Tchac ! Mon aile gauche l'a heurté.

< Oooooh ! > ai-je crié.

Blam ! La fenêtre s'est refermée avec un claquement sinistre.

Bang ! Tobias a heurté le carreau.

Bang ! Je suis entré droit dans le mur, trop perturbé pour penser à freiner. J'ai ressenti un choc, je suis tombé et j'ai atterri derrière une armoire. J'étais coincé dans un espace de quelques centimètres carrés, incapable de bouger. Tout ce que je pouvais faire, c'était de me laisser glisser sur le tapis.

< Tobias ! > s'est exclamée Rachel.

< Je vais bien, l'a-t-il rassurée. Dans la famille Marteau, je voudrais le père ! >

Tobias était en vie. Mais il avait dû être sacrément secoué. Il se croyait en pleine partie de Sept Familles.

Je n'étais pas non plus dans une forme extraordinaire. Je me déplaçais en crabe, centimètre par centimètre.

– Mmmmmuuuuhh !

< Oh ! oh ! >

J'ai essayé d'aller plus vite, encore plus vite, désespérant de ne jamais pouvoir sortir de derrière cette armoire.

J'ai senti quelque chose battre contre mes serres. Je savais ce que cela signifiait. Une de mes ailes avait été libérée. Puis mon corps. Puis...

– Chhhheeeeee ! a soufflé le chat.

Un gros chat. Un très gros chat gris avec les

babines retroussées et des crocs pointus comme des aiguilles.

< Gentil chat, ai-je fait. Gennntiiil chat. >

Mais il n'était visiblement pas trop d'accord pour partager sa chambre avec un rapace. Et encore moins avec un gros oiseau qui lui parlait.

– Mmmmmuuuhh, a-t-il grogné pour exprimer son mécontentement.

< Le père Marteau ? C'est bien le père Marteau qui est là avec la mère Tournevis ? > a demandé Tobias.

< Marco, sors de là ! s'est écriée Rachel. J'ai vu un chat. >

< Oui, j'ai également remarqué sa présence >, ai-je répondu.

Nous avons tous vu des chats domestiques. Moi-même, j'ai vu un paquet de chats domestiques. Mais ils vous paraissent complètement différents quand vous êtes un oiseau. Même si vous êtes un gros oiseau de proie.

Slash ! L'animal, toutes griffes dehors, a donné un coup de patte en direction de mon aile.

< Ok, monsieur le gros chat, tu veux jouer à ça ? Tu veux te battre ? Parfait. Je vais te mettre une correction ! >

M. le gros chat n'était pas impressionné du tout. Il a fait un bond de plus de un mètre. Et, en moins de un quart de seconde, il s'est retrouvé face à moi.

< Aaaaahhhh ! > ai-je hurlé.

– Mmmmmrrooooaaacchh ! a répondu le chat.

Soudain, nous n'avons plus été qu'un enchevêtrement de griffes, de serres, de bec et de crocs, comme dans les dessins animés, lorsqu'une bagarre éclate et que l'on ne voit plus que des étoiles et un immense nuage de poussière.

Nous nous sommes effondrés, à bout de souffle, en continuant à nous fixer méchamment. Je lui avais donné quelques bons coups. Mais M. le chat était rapide. Il m'avait griffé l'abdomen, mordu le cou, une aile, l'autre aile. Et tout ça ne lui avait pris qu'environ six secondes.

Je n'étais pas prêt pour un second round. Je ne voulais pas que sur ma pierre tombale soit inscrit : « Mort de ses nombreuses blessures à la suite d'une bataille féroce contre un gros chat domestique ». Ce n'était pas très glorieux.

Je pouvais démorphoser. Ou je pouvais fuir.

Par la fenêtre fermée ? Non.

Par la porte fermée ? Non.

Ce qui ne me laissait pas d'autre choix que de démorphoser.

Sauf que c'est à ce moment-là que Rachel a décidé de me porter secours.

Crash !

La vitre a volé en éclats ! Une énorme pierre a traversé la pièce, suivie par un immense aigle d'Amérique, les ailes repliées.

Elle les a déployées. Leurs extrémités ont frôlé les murs, avant d'atterrir sur le lit.

– Rooooaarr ! a fait M. le chat qui semblait très surpris.

< Allez vite, partons ! > a crié Rachel.

A cet instant, la porte s'est ouverte brusquement. David est entré. Le chat a poussé un cri et s'est accroché aux rideaux de la fenêtre.

< Par la porte ! >

< Je te suis ! ai-je dit. Mais il faut que nous prenions le cube ! >

< Je vais faire diversion. Occupe-toi du cube ! >

Elle a commencé à battre des ailes comme une folle et à agripper tout ce qu'elle pouvait avec ses serres.

– Whaou ! s'est exclamé David.

Elle s'est mise à déchirer l'oreiller, et des plumes se

sont envolées partout dans la pièce. Le chat continuait à grimper en direction du plafond. J'ai sautillé avant de voleter jusque sur le bureau. Le cube ! Il était là !

David s'est précipité lui aussi sur le bureau, comme s'il voulait m'attaquer. Mais au lieu de ça, il a ouvert un tiroir et en a sorti...

< Un pistolet ! Un pistolet ? Ce gosse a un pistolet ! >

J'étais effaré. Et j'ai entendu une voix lointaine.

< Finalement, je voudrais le père de la famille Arme à feu. >

CHAPITRE 7

< Un pistolet ? Quel pistolet ? > a hurlé Rachel.

Pop ! Pop ! Pop !

Quelque chose m'a brûlé l'abdomen.

< Il a un pistolet à air comprimé ! >

< Il pourrait crever l'œil de quelqu'un avec ça ! > s'est indignée Rachel.

< Oui, le mien ! > ai-je ajouté.

J'ai refermé une serre sur le cube. Il était trop gros ! J'ai utilisé mes deux serres. Je pouvais le tenir, mais j'étais à peine capable de le soulever. J'ai battu des ailes et je suis tombé du bureau, sans lâcher l'objet.

Pop ! Pop !

< C'est pas vrai, maintenant il me tire dessus ! > a grogné Rachel.

< Ne le blesse pas ! lui ai-je dit. Il est innocent dans toute cette histoire.>

< Innocent, mes... >

Pop ! Pop ! Pop !

J'ai continué à agiter mes ailes et je me suis traîné sur le tapis en direction de la porte. Rachel se débrouillait un petit peu mieux que moi mais, une fois arrivée dans le couloir, ses ailes n'arrêtaient pas de se cogner contre les murs.

– Oh non, pas question ! s'est écrié David. Rends-moi ce cube bleu !

Nous sommes sortis. Nous nous traînions avec difficulté, nous les deux oiseaux boitillants, dont l'un tirait un cube bleu. Nous étions poursuivis par un garçon indigné qui hurlait et nous tirait dessus avec un pistolet à air comprimé.

A travers le couloir !

< Oooohh ! >

< Attention ! >

– Rendez-moi mon cube !

Pop ! Pop ! Pop !

Dans les escaliers !

< Oooohh ! >

< Hé, attention !>

– Rendez-moi mon cube !

Pop ! Pop ! Pop !

Nous avons ensuite traversé le salon. Il n'y avait personne, mais la télé marchait. Au programme, il y avait *Dracula*.

< Oh non, j'ai oublié de programmer le magnétoscope ! ai-je dit. Nous avons manqué *Dracula*. >

Pop ! Pop ! Pop !

< Aaahh ! Je t'assure que je vais trouver un moyen de lui faire payer tout ça au collège demain, a déclaré Rachel sur un ton menaçant. Je me dirige vers la baie vitrée. Essaie d'attirer son attention pendant que je vais l'ouvrir. >

< Attirer son attention ? En faisant quoi ? Tu veux que j'improvise un petit numéro de danse classique peut-être ? >

Rachel a attrapé la baie vitrée dans son bec et s'est mise à tirer. David s'est précipité vers moi. Vers le cube.

Je n'avais que deux solutions : ou je lui sautais au visage pour lui griffer les yeux, ou je laissais tomber le cube. Mais David n'était pas un Contrôleur. Il n'était pas un ennemi. Et, même moi, je ne pouvais pas accepter l'idée de m'en prendre à un innocent.

J'ai lâché l'objet. La baie était ouverte. Rachel et moi nous sommes envolés au-dessus de la pelouse,

de la piscine, de la clôture, avant de disparaître dans le lointain.

– Voilà ! Et ne revenez plus jamais ici ! a crié David en tirant une dernière fois avec son pistolet.

< Je ne me vois pas bien expliquer tout ça à Jake >, a fait Rachel.

< Nous nous sommes pris une raclée par un gamin armé d'un pistolet à air comprimé. C'est pathétique. >

Un faucon est venu à notre rencontre.

< Tobias ? >

< Oui. Vous savez, j'ai été sacrément sonné. J'ai fait un drôle de rêve d'ailleurs. J'étais en train de faire une partie de Sept Familles. Au fait, comment ça s'est passé ? >

CHAPITRE 8

Nous n'avions pas de quoi être fiers. Nous avons pris le temps de réfléchir à tout ça, et nous avons décidé d'essayer de nouveau le lendemain soir, quand David se serait calmé. Il fallait que nous récupérions ce cube bleu avant de nous attaquer à ce problème autrement plus important : comment sauver les dirigeants du monde libre.

Par ailleurs, j'étais censé rendre un devoir de rattrapage en sciences naturelles, pour remplacer celui que j'avais oublié de faire la semaine dernière.

Le jour suivant n'était rien d'autre qu'un jour de collège ordinaire. Vous savez, la routine, quoi : se lever de bonne heure, se doucher, attendre le bus en compagnie d'une bande d'abrutis et essayer de réviser à la dernière minute le devoir de la matinée dans un car qui vous secoue tellement que vous en avez mal aux fesses.

Et puis vient la première vision du collège qui s'accompagne, en ce qui me concerne, d'un mauvais pressentiment. Vous repérez alors une belle fille qui ne vous a pas encore traité de minable et vous commencez alors à penser : « Bon, tout compte fait, je crois que je vais pouvoir supporter ça encore une journée. » Récré. Cours. Cours. Repas.

Vous vous retrouvez alors dans une file d'attente, et vos narines sont bientôt emplies de l'odeur d'un truc qui doit pourrir depuis des jours. Des choux de Bruxelles ? Des aubergines ? Non, des choux-fleurs.

– Tu m'as dit que ton prénom c'était Marco, c'est ça ?

Je me suis retourné tout en continuant à pousser mon plateau sur les rails métalliques. C'était David. J'ai sursauté comme si je venais de voir un fantôme.

– Oui, Marco, ai-je répondu. Et toi, c'est David, non ?

Il a approuvé de la tête. Puis il a regardé la nourriture fumante qui dégageait cette odeur infecte.

– La cantine était meilleure à mon ancien collège.

– Difficile de faire autrement. Tu ne peux pas trouver pire qu'ici. A moins que ton ancien collège n'ait été une prison.

Il n'a pas ri. Il m'a juste regardé fixement.

– Je ne me suis pas encore fait d'ami ici. Quelque chose de très étrange m'est arrivé hier. De très étrange. Tu veux que je t'en parle ?

– Bien sûr. Alors qu'est-ce qui…

– Choux-fleurs ou flageolets en sauce ? m'a demandé la dame de service. Allez, mon petit Marco, décide-toi vite.

– Les flageolets en sauce, ai-je répondu. Rien que le nom me fait rêver.

Je me suis tourné vers David avant d'ajouter :

– Et tu connais les effets secondaires, non ? L'atmosphère va être chargée cet après-midi.

Il n'a toujours pas ri.

Nous nous sommes frayés un chemin parmi la faune bruyante de ce réfectoire. Il y avait deux tables libres au fond de la pièce. Je me suis assis à l'une d'elles. David s'est installé en face de moi.

Je devais faire comme si de rien n'était, ne pas paraître trop intéressé par son histoire. Ce qui n'était pas trop dur, vu que je savais déjà ce qu'il voulait me raconter.

– Tu te souviens de ce cube bleu que je t'ai montré hier ?

J'ai fait mine de réfléchir.

– Ah oui, ça y est, je m'en souviens.

Il s'est penché en avant.

– La nuit dernière, quelqu'un a essayé de me le voler. Et tu ne devineras jamais comment. Avec des oiseaux entraînés.

– Qu'est-ce que tu racontes ?

– Deux oiseaux sont entrés par la fenêtre de ma chambre et ont essayé d'emporter le cube. Heureusement, mon chat, Mad Max, s'est attaqué à l'un d'eux.

– Ton chat s'appelle Mad Max ?

– Je regrette seulement que mon serpent n'ait pas été en liberté. On lui a retiré son venin mais, tu peux me croire, il aurait flanqué une sacrée frousse à ces oiseaux.

– Ton serpent ?

– Oui, il est trop cool. C'est un cobra. Normalement, tu n'es même pas autorisé à en avoir un. C'est mon père qui me l'a rapporté. Il voyage beaucoup à l'étranger. C'est un espion. Mais ne le répète à personne.

Voilà qui faisait beaucoup de choses à encaisser à la fois. Un chat nommé Mad Max, un cobra et un père qui serait un espion.

– D'accoooord, ai-je fait.

– Écoute, je sais que ça peut paraître bizarre, mais ces oiseaux n'étaient pas des oiseaux ordinaires. L'un d'eux a ouvert la baie vitrée. C'était un aigle, je crois.

– Et pourquoi quelqu'un voudrait-il te voler ce cube bleu ?

Il a secoué la tête.

– Je ne sais pas. Mais il doit avoir de la valeur, non ? Sinon, pourquoi s'embêter à envoyer des oiseaux dressés pour le récupérer ?

J'ai acquiescé.

– Ça se défend.

Oui, exact. Ça se défendait. Ça n'avait rien d'extraordinaire : des oiseaux-cambrioleurs. Parfois, je réalise que ma vie est tellement dingue, que je ne suis même plus capable de reconnaître ce qui est vraiment dingue.

– Enfin, peu importe, je parie qu'il doit valoir cher, je vais donc essayer de le vendre.

J'ai senti mon sang se glacer.

– Le vendre ?

– Oui, l'autre soir, après ce qui s'est passé, j'ai envoyé un message sur quelques sites Web spécialisés dans la vente de particulier à particulier. J'ai décrit l'objet. Et aussi tous les symboles, ceux qui semblent

écrits dans une langue étrangère. Ce matin, avant de partir à l'école, j'ai regardé mon ordinateur et j'ai vu que j'avais déjà une réponse. Un type voudrait voir le cube. Il me disait qu'il était prêt à payer un bon prix. Il est disposé à me rencontrer quand je veux et où je veux.

Ses paroles ont fait plus que me glacer le sang. Elles m'ont coupé la respiration pendant au moins dix secondes.

– Tu as fait quoi ?

– Et je pense qu'il faudrait que quelqu'un m'accompagne, au cas où. Quelqu'un qui me couvrirait si quelque chose se passait mal. Tu es le seul que je connaisse ici.

– Tu n'as pas donné ton adresse à ce type, n'est-ce pas ?

David m'a fait un petit sourire suffisant.

– Je ne suis pas débile. Il pourrait très bien me le voler pendant que je suis coincé ici au collège.

Il a doucement balancé sa tête et m'a lancé un regard rusé.

– J'ai activé un minuteur, comme ça, le e-mail avec mon adresse ne sera pas diffusé avant que je sois rentré chez moi.

– Tu l'as mis sur automatique ?

– Oui, a-t-il approuvé. J'envoie le courrier électronique, le gars vient, et je te donne dix pour cent pour ton aide.

– Bon plan, ai-je dit aussi calmement que j'ai pu.

Mais au fond de moi, je pensais tout autre chose. Je pensais à peu près ça : « Tu es le roi des idiots ! Tu n'as pas deviné qui va venir chercher ce cube ? »

Mais bien sûr, je ne pouvais pas lui dire ça.

J'ai repéré Jake qui arrivait dans notre direction. Je lui ai fait un petit signe de tête, et il s'est éloigné.

David n'arrêtait pas de parler, me racontant dans les détails l'histoire de l'attaque des oiseaux. Puis il s'est mis à m'expliquer ce qu'il comptait faire avec l'argent qu'il allait gagner. Mais je ne l'écoutais pas vraiment.

Dans quelques heures le e-mail allait être expédié. Et très très peu de temps après, il recevrait la visite de quelqu'un qu'il vaudrait mieux ne jamais rencontrer.

J'étais assis là, à le regarder, et je pensais : « Comment vais-je bien pouvoir faire pour te sauver la vie ? »

CHAPITRE 9

J'ai tout raconté à Jake un peu plus tard. Il a fait un bond sur sa chaise, a dit un mot qu'il était préférable de ne pas dire en classe et s'est retrouvé devant le conseiller d'éducation pour discuter de ce problème avec lui.

J'ai passé une partie de l'après-midi à essayer de trouver une occasion d'informer Rachel et Cassie. Je devais attendre que nous soyons réunis tous les trois. Cassie a un effet calmant sur Rachel.

Une chose était sûre : nous ne voulions pas que ce courrier électronique soit expédié. Ce qui signifiait que je devais manquer les deux dernières heures de cours. Jake a pris la décision pendant la récréation de l'après-midi, près de mon casier.

– Fais-le, a-t-il dit. Sèche. Trouve l'ordinateur de ce gosse et efface ce e-mail.

– Il a dû le protéger en mettant un mot de passe, ai-je remarqué. Je devrais peut-être faire un détour et essayer de trouver Ax pour qu'il vienne avec moi.

Jake a approuvé d'un mouvement de tête.

– Tu ne vas pas avoir beaucoup de temps. Tu ferais mieux d'y aller par les airs. Tu pourras utiliser mes notes pour rattraper les cours.

– Merci, mais je crois que je prendrai celles de Cassie. Les tiennes sont pleines de griffonnages, de dessins de tanks et d'avions de combat.

Je savais comment monter sur le toit du collège et heureusement, personne n'était là-haut. J'ai flanqué mes habits dans mon sac à dos. J'avais l'intention de les récupérer plus tard. Dans cinq minutes, je serais en train de voler.

Je savais que c'était une mission de la dernière chance, une question de vie ou de mort. Mais cela ne m'a pas empêché de ressentir un immense plaisir en me jetant du toit du collège et en sentant le vent s'engouffrer dans mes ailes.

Assis sur votre chaise, en cours, vous n'avez jamais rêvé de vous envoler dans l'immensité du ciel bleu ? C'était trop cool. Jusqu'au moment où j'ai réalisé que le collège pouvait très bien appeler mon père pour signa-

ler mon absence. Ce détail a un peu gâché mon plaisir.

Plus le fait que, d'ici la fin de la journée, il était fort possible que je doive affronter Vysserk Trois.

Et pourtant, c'était une belle journée ensoleillée, avec de gros cumulus haut perchés dans le ciel et l'air chaud qui montait du sol me faisait prendre de l'altitude sans aucun effort. Toujours plus haut, jusqu'à ce que les maisons ne ressemblent plus qu'à des boîtes de chaussures et les voitures à des jouets pour enfants.

Je me suis dirigé vers la forêt que l'on distinguait dans le lointain. Ce ne serait pas facile de trouver Ax. Il se cache pendant la journée. Nous avons toujours peur qu'un chasseur le repère, le prenne pour un cerf et lui tire dessus. Ou pire encore, qu'un Contrôleur le voie et reconnaisse immédiatement qui il est.

Je me suis soudain aperçu que le vent soufflait contre moi. Ce qui signifiait que j'allais être ralenti. Mais Tobias nous a appris qu'il fallait parfois prendre de l'altitude pour compenser une perte de vitesse au sol. En effet, si vous vous élevez suffisamment haut, vous pouvez utiliser la gravité pour vous laisser glisser sur une longue distance, même contre le vent. C'est un peu comme de grimper en haut d'une côte. Même contre le vent, vous arriverez toujours à descendre.

Je me suis laissé porter par un courant thermique, plus haut que je n'avais jamais été. Je ne sais pas à combien de mètres. Mais suffisamment haut pour apercevoir un petit avion privé volant à la même altitude que moi.

J'ai visé la forêt et j'ai commencé ma longue glissade qui devait m'amener jusqu'à destination.

Le domaine d'Ax s'étendait sur une surface boisée d'environ vingt kilomètres carrés. Vous vous rendez compte ce que ça représente ? Beaucoup trop. Beaucoup d'arbres. Mes yeux de balbuzard pouvaient tout repérer, le moindre scarabée, le moindre ver sur les feuilles mortes.

Mais je ne voyais toujours pas Ax. Cela durait depuis un bon moment. Depuis trop longtemps.

Je me sentais nerveux maintenant. J'étais on ne peut plus nerveux. Cela faisait plus d'une heure que j'avais morphosé, et même si je trouvais Ax maintenant, le temps que je retourne en volant jusqu'à...

Quelque chose avait bougé à la vitesse de l'éclair sur le sol !

Un cerf. Non ! Pas un cerf. A moins que les cerfs ne soient devenus bleus.

J'ai laissé glisser l'air le long de mes ailes et je suis descendu en piqué.

< Ax ! Ax ! Est-ce que c'est toi ? C'est moi, Marco. >

Il s'est arrêté de courir. J'étais assez près désormais pour voir un de ses yeux tentaculaires s'orienter vers le ciel et se fixer sur moi.

< Tu ne devrais pas être à l'école ? > s'est-il étonné.

< Pourquoi ? Tu es surveillant ou quoi ? J'ai besoin de ton aide. Est-ce que tu crois être capable de forcer un système de sécurité installé par quelqu'un sur un ordinateur ? >

Ax s'est mis à rire, mais il a rapidement retrouvé son sérieux.

< Oh, tu es sérieux. J'étais persuadé qu'il s'agissait d'une blague. J'essaie de repérer quand les humains font de l'humour et de réagir correctement. >

< Hum hum. >

J'ai atterri en douceur sur un tronc d'arbre mort tombé sur le sol, en enfonçant mes serres dans le bois pourri et en semant la panique dans une colonie de termites.

< Alors, tu peux le faire ? >

< Bien sûr que je le peux, m'a répondu Ax. Un ordinateur humain ? Je sais que tu n'as pas voulu m'insulter mais, vraiment, poser une telle question à un Andalite est très désobligeant. >

J'ai soupiré.

< Enfin bref, il faut que tu morphoses. Et plus vite que ça. >

< Quel est le problème ? > a voulu savoir Ax.

Sans perdre de temps, il a commencé à rétrécir, à se déformer, à se transformer.

< Le cube bleu. Si ce que je pense est vrai, dans à peu près une heure, Vysserk Trois va recevoir un e-mail lui offrant la possibilité de l'acheter. >

CHAPITRE

10

Tic tac. Tic tac. Le temps passait à toute allure.

Le vent était avec nous alors que nous nous dirigions vers la maison de David. Il n'y avait qu'un seul problème : avez-vous déjà essayé de retrouver une maison dans un lotissement de maisons qui se ressemblent toutes ? Depuis le ciel ? Alors qu'il faisait nuit la seule fois où vous êtes venu ?

< Serais-tu perdu ? > m'a demandé Ax.

< Non, nous sommes perdus, ai-je répondu. Cherche une piscine. Avec un bassin en forme de haricot. >

< Un bassin ? Un bassin yirk ? >

< Non, un bassin dans lequel se baignent les humains. >

< Je n'ai jamais entendu parler de ça. Est-ce que vous vous en servez pour vous reproduire? >

< Non, mais ça nous aide à nous faire des amis pendant l'été. >

J'ai aperçu une piscine bleue en forme de haricot et j'ai volé dans sa direction. Tout semblait correspondre. C'était certainement le bon endroit.

Mais voilà, juste de l'autre côté de la rue, il y avait une maison identique avec une piscine identique.

J'aurais voulu pouvoir pousser un cri pour exprimer ma frustration. A cet instant, nous avons entendu une parole mentale venue d'en haut :

< Ax ? Et qui d'autre, Marco ? Cassie ? >

< Tobias ! ai-je crié. Qu'est-ce que tu fabriques ici ? Et comment as-tu su que c'était nous ? >

< Il y a un excellent courant ascendant sur lequel je me laisse porter, voilà ce que je fais ici. Et n'importe quel idiot aurait remarqué qu'il y a quelque chose d'étrange à voir un busard et un balbuzard rôder dans les parages et regarder par la fenêtre des gens. Enfin quoi, vous n'avez jamais entendu parler de la subtilité ? >

< Tu feras de l'humour plus tard, ai-je remarqué sèchement. Nous devons trouver la maison de David. Et vite ! >

< Un peu plus à l'ouest. Suivez-moi, je vais vous montrer. >

Il s'est mis à foncer vers le sol, comme un missile qui filerait vers sa cible. Ax et moi sommes allés à sa rencontre.

< Alors, que se passe-t-il ? >

< Il a mis le cube en vente sur Internet. Il a déjà reçu une offre et il a programmé l'envoi d'un e-mail que nous devons arrêter à tout prix. Mais je crois qu'il l'a protégé avec un mot de passe. Voilà pourquoi j'ai emmené Ax avec moi. >

< Ah. Euh... s'il y a un mot de passe, pourquoi ne pas éteindre simplement l'ordinateur ? >

J'ai failli m'écraser contre un toit en entendant ça.

< Oh. Effectivement, je pense que nous pourrions faire ça >, ai-je dit.

Je ne me suis jamais senti aussi bête de ma vie. Mais c'était pourtant évident d'éteindre l'ordinateur. Ou alors d'arracher les fils du téléphone.

Je ne supporte pas de passer pour un idiot, j'ai donc ajouté :

< Ce serait mieux si on lui donnait l'impression que le courrier électronique a bien été expédié.

Comme ça, si David ne reçoit aucune réponse, il pensera que personne n'est intéressé. >

< Et comment allons-nous entrer dans la maison ? a voulu savoir Tobias. Toutes les fenêtres sont fermées. Je ne tiens pas à m'écraser encore contre un carreau. >

Nous décrivions des cercles au-dessus de la maison, trois oiseaux de proie qui agissaient plutôt comme des vautours. Tobias avait raison, toutes les fenêtres étaient fermées. Il y avait une planche de contre-plaqué à la place de la vitre que Rachel avait cassée la veille.

Je me sentais légèrement plus détendu maintenant. Nous avions un peu plus d'une heure avant que le e-mail soit expédié. Largement le temps.

< Bien, voici ce que nous allons faire. Ax et moi nous allons morphoser en cafards et passer sous la porte de derrière. Tobias, tu nous surveilles et tu t'assures que personne ne viendra nous manger. >

Ax et moi nous sommes posés sur la terrasse qui se trouvait derrière la maison. Le jardin était entouré d'une haute clôture très jolie, ce qui était parfait. Nous avions vérifié chaque fenêtre pour nous assurer qu'il n'y avait personne chez David. J'ai démorphosé près du barbecue. En quelques minutes, Ax et moi avions retrouvé nos corps d'origine. Nous nous sommes avancés jusqu'à la porte. Je me suis mis à genoux pour jeter un œil sur l'espace qu'il y avait dessous. Il y avait largement assez de place pour que des cafards puissent se glisser à l'intérieur.

– C'est bon, allons-y, ai-je dit.

Comme je me préparais à morphoser, j'ai posé ma main sur la poignée pour me soutenir. J'ai senti qu'elle tournait.

– Hé, ils ont laissé ouvert ! me suis-je exclamé. Venez.

< Noooon ! > a hurlé Tobias juste au moment où je poussais la porte.

– Quel est le problème ? me suis-je étonné. C'est ouvert, alors...

Wwwwwaaahh ! Wwwwwaaahh !

< Une alarme antivol, voilà le problème ! >

< Mais quel est ce son assourdissant ? > a demandé Ax.

– Oh non ! Tant pis, entrons ! Tobias, préviens-nous si tu vois les flics arriver !

Je me suis précipité à l'intérieur, suivi par Ax qui trottait derrière moi.

Nous avons traversé la cuisine. Ses sabots résonnaient sur le sol couvert de lino.

Wwwwwaaahh ! Wwwwwaaahh !

Nous avons traversé le salon.

Crash ! Il a fait tomber une lampe avec sa queue. Une lampe en céramique. Enfin, elle était désormais en morceaux de céramique.

Wwwwwaaahh ! Wwwwwaaahh !

Nous avons grimpé l'escalier.

Crash ! Crash ! Crash ! Il a balayé avec sa queue trois petites photos encadrées accrochées aux murs.

Wwwwwaaahh ! Wwwwwaaahh !

– Elle fonctionne bien cette alarme ! ai-je hurlé.

< Marco, Ax, quelqu'un s'arrête devant la maison ! > nous a avertis Tobias.

Nous sommes arrivés dans la chambre de David. Il avait un chouette économiseur d'écran sur son ordinateur. J'ai bougé la souris. Les images de l'économiseur ont disparu. J'ai cliqué deux fois sur l'icone « courrier électronique ».

Dring ! Dring ! Dring !

Le téléphone s'est mis à sonner et j'ai fait un bond de un mètre.

Wwwwwaaahh ! Wwwwwaaahh !

Dring ! Dring ! ...

Quelqu'un avait répondu ! J'ai jeté un coup d'œil à Ax. Ce n'était pas lui.

Wwwwwaaahh ! Wwwwwaaahh ! Wwww...

Quelqu'un avait coupé l'alarme !

Et, venant du rez-de-chaussée, j'ai entendu une voix grave, une voix d'homme déclarer :

– Oui, je suis rentré à la maison et j'ai éteint l'alarme.

Une pause.

– Je suis sûr de pouvoir me débrouiller.

Une autre pause.

– Non, je suis officier de police. Vous n'avez pas besoin de m'envoyer des renforts. Je vais m'occuper de tout ça.

Clic.

Le père de David, évidemment. Il revenait du travail. Lui, l'officier de police, il rentrait chez lui, avec son arme.

J'ai regardé l'écran. Le logiciel était en cours de chargement. Mais cela prenait du temps.

Nous ne pouvions pas attendre. Nous devions nous cacher, moi et le gros extraterrestre bleu, mélange de scorpion, de cerf bleu et d'humain, qui m'accompagnait. En plus, l'homme à qui nous avions affaire n'était pas un amateur.

Super...

– Ax ! Enferme-toi dans le placard et morphose en quelque chose de petit ! ai-je chuchoté.

Il s'est précipité. Moi aussi je me suis précipité, directement sous le bureau. J'avais l'intention d'arracher la prise du téléphone, juste pour être tranquille.

Mais le bureau de David possédait un fond, et je ne pouvais atteindre la prise.

– Bien, s'il y a quelqu'un là-haut, je lui conseille de sortir gentiment, pour qu'on évite un accident, a dit le père de David. Je ne voudrais pas être obligé de tuer quelqu'un.

Je ne pouvais plus attraper le fil du téléphone.

– Rrrggghh ! ai-je grogné de rage.

J'ai bondi, j'ai jeté un œil sur l'écran, puis je me suis accroupi avant de rouler sous le lit.

De mon poste d'observation, j'ai vu des chaussures franchir lentement le seuil de la porte de David.

J'ai retenu ma respiration.

Et, à ce moment-là, j'ai réalisé deux choses terribles.

Premièrement, après avoir jeté un coup d'œil sur l'ordinateur, j'avais remarqué un truc étrange. L'horloge dans le coin en haut à gauche de l'écran était déréglée. Elle avançait d'une heure. Ce qui signifiait que le courrier électronique de David ne serait pas expédié dans une heure et trois minutes, mais dans trois minutes.

Deuxièmement, le gentil cobra de David dormait sous le lit.

CHAPITRE 11

Il avançait en ondulant sur le rebord d'une boîte en carton. Et je vais vous dire une chose : le temps est une chose relative, parce que j'ai vieilli d'au moins cinq ans en cinq secondes.

Il s'est enroulé sur lui-même. Puis, brusquement, il s'est relevé ! Sa tête a semblé se gonfler, il a agité sa langue et il a continué à se relever, toujours plus haut, quand...

Bong ! Le cobra s'est cogné la tête contre le dessous du sommier.

Il a semblé un peu perdu, il est resté là à se balancer en me fixant comme si tout ça était de ma faute.

Je me suis souvenu que David m'avait expliqué qu'on lui avait retiré son venin, ou quelque chose comme ça. Mais comment faire confiance à quelqu'un qui possède un serpent ?

Le cobra continuait à me fixer méchamment avec ses yeux brillants.

Les chaussures se rapprochaient.

Que faire ? Je pouvais morphoser en quelque chose de petit. En insecte. En cafard, en fourmi ou en mouche. Mais il y avait quand même un gros problème : un reptile se trouvait à moins d'un mètre de moi, et il ne me quittait pas des yeux ! Qui sait ce que sont capables de manger ces gentilles bestioles ?

C'est alors que ça a fait tilt. Une solution évidente, bien qu'un peu folle.

J'ai approché ma main du serpent.

Fwapp !

Il m'a mordu ! Il avait ses crocs plantés dans ma main, bien enfoncés dans la chair entre mon pouce et mon index.

– Arrrgghh ! ai-je grogné.

– Allez, ça suffit, sors de là-dessous maintenant ! a ordonné le père de David.

J'ai agrippé le serpent et je l'ai tenu serré. Il a commencé à onduler, à frétiller puis, finalement, à s'énerver carrément.

– Je compte jusqu'à trois et vous sortirez, les mains devant !

Bong ! Un bruit sourd. J'ai vu les chaussures noires faire demi-tour et se diriger vers le placard. Ax était en train de faire diversion. Sacré bon vieil Ax !

Je m'accrochais à ce stupide serpent et je me concentrais. Quand nous acquérons un animal, c'est-à-dire quand nous absorbons son ADN, il devient calme, détendu, relax. Enfin, la plupart du temps.

Mais ce n'était pas le cas du serpent, non. Alors que j'étais en train d'absorber son ADN et que le père de David s'approchait du placard, ce dingue de reptile continuait à s'agiter comme un fou.

La porte du placard s'est ouverte.

– Bon, ça suffit, sors de là maintenant et... Oh, mon Dieu !

J'ai entendu le son d'un revolver qu'on rengainait. Puis j'ai vu les chaussures entamer une étrange danse. Une étrange danse appelée L'écrase-insecte !

< Marco ! Je suis dans mon animorphe d'araignée, et cet humain essaie de me marcher dessus avec ses sabots artificiels ! >

Je ne pouvais pas lui répondre, bien sûr, tant que je n'étais pas en animorphe. Tout ce que je pouvais faire pour lui, c'était de détourner l'attention du père de David, comme il l'avait fait pour moi.

J'ai ramené le cobra contre moi et je l'ai lancé à travers la pièce. Il est retombé sur le sol au beau milieu de la chambre et a continué à siffler.

En le voyant, le père de David lui a crié :

– L'araignée, Joker, attrape l'araignée !

La situation devenait encore plus catastrophique. Le cobra fixait maintenant de ses yeux méchants le pauvre Ax que je voyais courir comme un fou entre les « sabots » noirs et démesurément grands de l'homme.

Ax était sur le point de se faire dévorer ou de se faire écraser, au choix. Ou peut-être bien les deux.

Il ne me restait plus maintenant qu'à sortir de ma cachette et à...

Ding dong !

– Attrape-moi cette araignée, Joker. Il y a quelqu'un à la porte. Sûrement l'un de ces policiers incapables. Je leur ai pourtant dit de ne pas se déplacer...

Il sortit de la chambre en continuant à râler.

Je me suis extirpé précipitamment de sous le lit, me suis redressé et, à mon tour, j'ai manqué écraser le pauvre Ax avant de pousser le serpent hors de ma vue.

J'ai pris Ax dans le creux de ma main et je suis retourné à l'ordinateur.

Et là, j'ai pu lire ce message fatidique : « Votre courrier a été envoyé. »

J'ai respiré un grand coup : j'avais un Andalite en animorphe dans la main et le message que nous redoutions tant allait parvenir à son destinataire. Sans compter que le père de David, son policier de père, pouvait encore décider de revenir sur ses pas et de reprendre ses recherches. Pour couronner le tout, la morsure de serpent que j'avais à la main me faisait un mal de chien.

Au moins, il n'y avait pas de venin. Ou sinon, je serais déjà mort. A moins que ce ne soit un de ces venins qui agissent très lentement.

J'ai entendu une voix en bas qui disait :

– Écoutez, j'ai appelé votre chef pour lui dire qu'il était inutile de vous déranger. Vous perdez votre temps. Ce n'était probablement qu'une fausse alerte. Je contrôle parfaitement la situation.

A croire qu'il n'avait pas encore vu tous les dégâts causés par Ax...

Puis une porte s'est fermée.

« Et maintenant, on fait quoi ? » me suis-je demandé.

Le courrier avait été expédié. Et le père de David allait revenir. Je ne tenais pourtant pas à partir maintenant. Nous n'étions pas au bout de nos peines...

Joker, le serpent, s'était glissé dans un placard. Ax n'avait pas assez de temps devant lui pour démorphoser puis remorphoser. On pouvait tout juste faire une transformation. Et il fallait prendre une animorphe qui puisse passer inaperçue là, au beau milieu de cette pièce, tout en évitant de se faire dévorer.

– Ax, je te repose par terre, je vais morphoser.

Je le laissai tomber. Mais cette chute ne m'inquiétait pas. Il avait pris la forme d'une araignée-loup et j'avais moi-même expérimenté cette animorphe : ce sont de petites bêtes costaudes.

Je me suis concentré et j'ai commencé à changer.

J'allais devenir un cobra.

CHAPITRE 12

Je vous livre un scoop à propos des serpents : ils n'ont ni bras ni jambes.

Je me suis mis à morphoser, et la première chose que j'ai remarquée, c'est que mes bras et mes jambes ont disparu. Ils n'ont pas seulement rétréci, ils se sont évanouis. Comme lorsqu'on prend un bout de papier et qu'on le met au-dessus du feu. Il ne brûle pas vraiment, il semble disparaître.

C'est précisément ce qui arrivait à mes bras. C'était une sensation vraiment étrange ; le genre de chose qui ferait hurler de peur comme un fou la personne la plus sensée. Et je n'exagère pas. Vous avez des bras, faits de peau, de muscles et de poils. Ils se terminent par des doigts et des ongles. Et tout ça semble se rider, se ratatiner, se vider de ses forces et rétrécir.

Mais aussi atroce que cela puisse paraître, ça n'était

encore rien à côté de ce qui est arrivé à mes jambes.

Dès que j'ai compris ce qui était en train de se passer, je suis tombé à genoux. J'ai essayé d'être aussi silencieux que possible, mais je suis persuadé qu'on m'a entendu. Génial ! Maintenant, je pouvais être sûr que le père de David allait rappliquer.

J'ai roulé sur le côté et je me suis glissé à nouveau sous le lit. J'ai tourné la tête et je me suis alors aperçu que je n'y arrivais que trop bien : mon cou avait grandi et je pouvais regarder vers le bas sans même me pencher.

J'ai alors vu que ma tenue d'animorphe et ma peau commençaient à se couvrir d'un dessin, comme de minuscules losanges qui auraient été tracés sur ma peau. Il s'agissait des écailles du serpent. Elles étaient jaunes et brunâtres.

Mes bras ressemblaient à des moignons sortant de mon tronc. Mes jambes devenaient de plus en plus fines et longues, et je n'avais plus ni muscles ni pieds.

Je perçus le bruit horrible de mes propres os qui se liquéfiaient avant de disparaître. J'ai senti mes organes tomber, et ce n'est pas une image, lorsqu'ils n'ont plus été retenus par des muscles ou par des os.

J'ai entendu un léger scrrrrrinnnnnn ! lorsque ma

colonne vertébrale s'est mise à s'allonger et a pris la place d'une de mes jambes maintenant disparue. C'est alors que, brusquement désarticulée, l'autre jambe s'est mise à tournoyer comme une branche de lierre propulsée par un turbo. Elle s'est enroulée autour de l'autre membre constitué désormais par ma colonne vertébrale et s'est fondue en lui pour former une queue.

On arrive maintenant à la partie la plus dégoûtante.

Comme je l'ai déjà dit, on ne morphose jamais de manière logique. Les choses sont souvent chaotiques. Quelquefois, c'est très très étrange. A croire que les scientifiques andalites qui ont inventé le principe de l'animorphe avaient un sens de l'humour plutôt bizarre.

Parce que, pendant que les écailles faisaient leur apparition sur tout mon corps maintenant en forme de tube, que mes jambes se transformaient en queue et que mes bras… eh bien, que mes bras disparaissaient tout bonnement, ma tête, elle, n'avait pas bougé d'un pouce.

J'avais conservé ma tête d'humain, comme avant. Elle avait toujours la même taille… alors que le reste de mon corps était devenu celui d'un serpent.

Oui, imaginez un peu ça. Essayez de vous mettre à

ma place. Je suis certain que vous aussi vous auriez envie de hurler !

J'étais devenu un ver avec une tête.

Je me suis déjà retrouvé avec deux pattes, quatre pattes, voire six ou huit pattes. Mais c'est la première fois que je me retrouvais sans bras ni jambes.

Encore heureux que mes minuscules poumons de serpent aient été trop étroits pour laisser échapper le moindre soupir par ma bouche d'humain, ni le moindre cri.

« Je vais en faire des cauchemars pendant des années », ai-je pensé.

Puis finalement, ma tête s'est mise à se transformer. Quel soulagement ! Je veux bien être un humain ou un serpent, mais surtout pas un mélange des deux !

Lorsqu'on morphose, on ressent d'étranges sensations. Ça ne fait jamais mal, ce qui est préférable, car je ne veux pas imaginer la douleur que l'on pourrait ressentir lorsque vos organes internes disparaissent et que votre colonne vertébrale se transforme pour prendre une autre forme.

Les transformations vous paraissent parfois très vagues. Un peu comme dans un rêve. Comme si tout ça arrivait à quelqu'un d'autre, ce qui n'était pas vraiment le cas.

J'ai senti ma trachée s'allonger, pour atteindre la partie supérieure de ma mâchoire. J'ai alors réalisé qu'elle se joignait à mon nez. Je me demandais bien pourquoi. Tout ce que je savais, c'est que je ne pouvais plus respirer par la bouche.

Ma tête rétrécissait rapidement. Les écailles qui couvraient mon cou se sont étendues à mes joues, comme si j'avais soudain de gros boutons d'acné, puis à mon front et à ma tête où elles ont remplacé mes cheveux.

Ma bouche, elle, s'agrandissait considérablement par rapport à ma tête. Une bouche humaine normale occupe peut-être cinq pour cent de la surface de la tête. Eh bien là, ma bouche occupait bien un tiers de ma tête.

Mes dents se sont ensuite ramollies. Elles se sont transformées en chair boursouflée, en gencives malades.

Et j'ai alors entendu le bruit de quelque chose qui poussait dans ma bouche. Je l'ai senti aussi.

Des crochets.

Ils grandissaient en se recourbant sur eux-mêmes.

On avait retiré les glandes de Joker qui contenaient le venin. Alors…

Mais soudain, j'ai pensé à une chose : l'animorphe est créée d'après l'ADN. Les transformations ultérieures n'y changeaient rien. Le fait que Joker n'ait pas de poison ne signifiait pas que j'en sois privé.

J'avais donc des crochets. Des dents creuses pointues comme des épingles. Et au-dessus de ces crochets, au sommet de ma bouche, des glandes remplies de venin.

Entre ces crochets s'agitait une langue fourchue qui sortait entrait, sortait entrait… en ondulant. Dedans. Dehors. Dedans. Dehors.

Elle me permettait de sentir. Pas seulement. Je dégustais véritablement l'air. Mais je le dégustais avec plus de raffinement que n'importe quel grand gastronome. Je goûtais chaque molécule qui le composait.

Ma vue était excellente. Je pouvais même distinguer les couleurs, ce qui était un soulagement. Des couleurs différentes que celles que mes yeux humains connaissaient, mais des couleurs quand même.

Par ailleurs, je possédais un sens nouveau, une nouvelle sensibilité qui s'ajoutait aux autres. J'ai mis un certain temps avant de m'en rendre compte. Et puis, j'ai réalisé : j'étais capable de détecter les sources de chaleur. Pas seulement la différence entre un four brûlant et un bloc de glace, non c'était beaucoup plus subtile. Je pouvais distinguer la partie du tapis qui était exposée aux faibles rayons du soleil de celle qui était à l'ombre.

Le seul problème était l'ouïe. Vous savez, les serpents n'ont pas d'oreilles. Ce que je pouvais « entendre », c'était les vibrations du sol qui me parcouraient le corps.

Mais j'étais habitué à ça. C'est à peu près la même chose quand vous êtes en animorphe de cafard.

A présent, j'étais presque entièrement devenu un animal rampant, avec une langue frétillante qui m'informait sur mon environnement et une incroyable capacité à détecter les moindres différences de température.

C'est à cet instant que la conscience du reptile a émergé dans la mienne.

Froide.

C'est ce qu'elle m'a inspiré. Comme un fantôme qui se serait tenu derrière moi. Comme si quelqu'un avait ouvert une porte dans mon esprit et y avait laissé entrer de l'air venu de l'Antarctique.

Le serpent a entendu les vibrations des pas qui résonnaient dans l'escalier. Il était sur ses gardes. Pas effrayé, juste... prêt. Pareil à Clint Eastwood qui déambule dans un saloon. Pas effrayé... se préparant juste à dégainer en cas de besoin.

La langue dehors, qui s'agite, s'agite. La langue rentrée. Sur ses gardes et affamé.

Je sentais la chaleur. Pas grand-chose, étant donné que ce qui approchait avait le sang froid. Mais je la sentais. Mes yeux se sont brusquement tournés et ont repéré une chose qui courait sur huit pattes.

< L'humain est de retour >, m'a prévenu Ax.

L'organe froid, calculateur et sans émotion qu'était devenu mon cerveau a perçu cet étrange son dans ma tête, mais n'en a pas tenu compte. Il l'a jugé sans intérêt. Tout ce qui importait était la faim, le mouvement et la chaleur.

Ma langue s'est mise à frétiller. Hummm ! L'odeur d'un insecte. L'odeur d'une araignée. Mouvement, chaleur et senteur.

Mouvement, chaleur et senteur qui signifiaient nourriture. La nourriture était la réponse à la faim.

< Marco, qu'est-ce que nous allons faire ? > m'a demandé Ax.

Je n'ai pas répondu. Au lieu de ça, je me suis penché en arrière, j'ai renversé ma tête, étirant les petits os qui soutenaient mon crâne de cobra et, aussi vite qu'aurait pu le faire une queue d'Andalite, je l'ai précipitée en avant, la bouche grande ouverte.

J'ai avalé Ax.

Je l'ai avalé d'un seul coup.

CHAPITRE 13

Je l'ai senti s'agiter à l'intérieur de ma gorge. J'ai senti ses huit pattes donner des coups dans tous les sens.

< Est-ce que tu ne serais pas en train de me dévorer ? > s'est étonné Ax, légèrement déconcerté.

< Hum… oui. >

< Aurais-tu perdu le contrôle de ton animorphe ? >

< Eh bien… >

D'accord, je l'avoue, il avait peut-être raison. Pas plus d'une minute. Mais j'étais responsable de tout ça.

Et j'étais bien embêté. C'est un principe, vous ne devez pas manger vos amis.

Soudain, j'ai pensé à quelque chose de terrible.

< Est-ce que je t'ai mordu ? Comment te sens-tu ? >

< Humm… un peu endormi… >

< Démorphose ! >

Qu'importe si le père de David le voyait. Ax risquait de mourir s'il ne démorphosait pas tout de suite. J'ai recraché l'araignée, ce qui n'a pas été une mince affaire. Ma langue de serpent ne fonctionnait pas comme une langue normale. Elle ne cessait de sortir et d'entrer de la petite fente qui me servait de bouche, pour goûter l'air toutes les secondes. Elle était parfaite pour détecter l'odeur d'une future proie. Mais elle n'était absolument pas pratique pour expulser une araignée à moitié morte.

Heureusement, Ax avait déjà commencé à démorphoser. Il ne cessait de grossir dans ma bouche de serpent et parvenait à se dégager tout seul.

A cet instant, le père de David a fait son apparition.

– Qu'est-ce que... Oh, oh, oh ! C'est quoi cette chose ?

Je n'avais pas le choix. Il fallait que j'entre en contact avec lui. Pour ça, je devais utiliser la parole mentale. Bien sûr, je n'étais pas obligé de lui dire la vérité. Et c'est vrai qu'il est impossible de savoir d'où provient cette voix intérieure.

< Bienvenue Terrien ! Klaatu barada nkto ! Je ne te veux aucun mal ! >

– Aaaaahhh ! a crié le père de David en reculant de plusieurs pas.

Je l'ai vu sortir l'arme qu'il portait en bandoulière et la pointer sur Ax. Je ne pouvais pas lui en vouloir. Ax était à peu près de la taille d'un petit lapin, il avait huit pattes poilues, était couvert de fourrure brune et bleue, possédait une minuscule queue de scorpion et deux petits bras très fins.

< N'utilise pas ton arme, Terrien ! ai-je crié. Nous venons en paix ! >

– Nous ? Il y a une seconde c'était « je ». Combien êtes-vous exactement ?

Génial.

Il n'y avait vraiment qu'un officier de police pour remarquer ça. Je me suis souvenu que David m'avait dit que son père était un espion. Pour qui travaillait-il ? Le FBI ? La CIA ? Ou appartenait-il à cette organisation parallèle qui cause toujours tant de problèmes à Scully et à Mulder ?

< Hum, bien, Terrien, ai-je repris, il n'y a que moi. Mais je souffre d'une espèce de maladie mentale de l'espace. Un dédoublement de personnalité. Tu sais, j'ai fait un long voyage depuis la planète Xenon Cinq pour venir jusqu'ici, il fallait bien que j'aie quelqu'un à qui parler. >

Ax continuait à grossir. Il était maintenant de la taille

d'un ours en peluche. Un ours en peluche monstrueux.

– Je ne sais pas ce que tu es en train de faire, mais arrête ! a ordonné l'homme. Arrête de grossir !

< Mais nom d'un chien, qu'est-ce que vous êtes en train de faire là-dedans ? >

C'était la voix de Tobias qui venait de l'extérieur.

< Je suis un serpent, j'ai mordu Ax, il est en train de démorphoser pour ne pas mourir empoisonné, ce stupide e-mail a été expédié, et ce gars veut nous tirer dessus ! Tu as une autre question ? >

– Arrête de grossir ou je te tue ! a crié l'homme.

Clic !

Il a armé son pistolet.

– J'ai dit stop !

< Vous avez un souci supplémentaire, a annoncé Tobias. David est rentré. >

< Terrien, ai-je fait, ton fils a séché l'école. >

Ne me demandez pas pourquoi j'ai dit ça. J'ai pensé que les parents étaient tous pareils et que, même face à un extraterrestre en train de morphoser, leur priorité reste leurs enfants.

L'agent secret de je-ne-sais-où a froncé les sourcils.

– Il a quoi ?

< Il a séché la dernière heure de cours. >

Maintenant, permettez-moi de faire une petite pause et de vous dresser un tableau de la situation : il y avait moi, le serpent, en train de parler mentalement avec une personne très soupçonneuse qui avait en face d'elle une créature moitié araignée, moitié andalite qui avait maintenant la taille d'un cocker, je recevais des informations d'un enfant-oiseau et j'annonçais qu'un garçon nommé David avait séché l'école.

Question : ma vie est-elle complètement dingue ?

Réponse : oui, sans aucun doute.

– Je suis revenu du travail plus tôt que prévu, a dit le père de David. Ha ! Ha ! Ça lui apprendra ! Je vais le priver de sortie pendant un mois !

J'ai senti les vibrations de la porte d'entrée qui s'ouvrait.

Ax était désormais plus andalite qu'araignée. Et il s'extirpait ainsi progressivement du serpent.

– Je t'ai ordonné d'arrêter, a repris le père de David, réalisant soudain que, peut-être, je dis bien peut-être, avoir un extraterrestre chez lui était plus important que de surprendre son fils en train de sécher le collège.

< Marco, accroche-toi ! m'a encouragé Tobias. Je

vois un aigle, un balbuzard et un faucon se diriger par ici. Ils devraient être là dans dix minutes. >

< Parfait, tout va bien, aussi longtemps que ce type ne décidera pas d'appuyer sur la détente ! Parce que je pense que la balle mettra moins de dix minutes pour atteindre sa cible. >

A cet instant, David est apparu dans l'encadrement de la porte. Il s'est figé en posant ses yeux sur Ax.

– Whouaou !

– Il m'a expliqué qu'il était une sorte d'extraterrestre, a déclaré sèchement son père.

– Whoua ! Whoua ! Whoua !

– Par ailleurs, tu es privé de sortie.

– Un extraterrestre, pas possible !

Je suis désolé, mais je n'ai pas pu m'en empêcher. En parole mentale, j'ai ajouté :

< Si, si, c'est possible ! >

Ça pouvait paraître étrange, je ne dis pas, mais ça aurait pu être drôle. Le problème, c'est que je n'ai plus du tout eu envie de rire quand j'ai entendu Tobias annoncer :

< Une limousine, deux Jeep et un monospace, ils arrivent, à toute allure ! Ils se dirigent vers la maison ! >

J'ai alors déclaré à David et à son père, sur un ton aussi calme que possible :

< Écoutez-moi. Le ciel va nous tomber sur la tête. Vous feriez mieux d'aller vous cacher. >

– Nous cacher ? Pourquoi devrions-nous nous cacher ? s'est étonné David d'un air de défi.

< Parce que sinon, vous allez mourir. >

CHAPITRE 14

Ding dong !

La sonnerie de la porte retentit.

Le père de David gardait son arme pointée sur Ax, qui était presque entièrement redevenu un Andalite.

< Vous n'allez pas répondre ? > ai-je demandé.

Malheureusement, le vrai Joker, le cobra cent pour cent serpent, a choisi ce moment-là pour sortir du placard.

Lentement, le père de David a tourné les yeux vers moi. Puis il les a posés sur Ax, et de nouveau sur moi.

< Oui, c'est moi, le serpent parlant. Attendez, ne faites pas de bêtise. >

Il m'a visé avec son pistolet.

Bang ! Bang !

J'ai ressenti un impact. Pas de douleur, mais un impact. J'ai tourné ma tête de serpent et j'ai vu un trou de la taille d'une pièce de monnaie à environ dix centimètres de l'extrémité de ma queue. Je pouvais voir le tapis à travers.

Il a visé de nouveau avec plus de précision.

Fwapp ! Ax a lancé sa queue tel un fouet ! Le pistolet a volé dans les airs. Ainsi qu'un doigt.

– Hé ! a crié David.

– Aaaaaaahhhhh ! a hurlé son père.

Craaacc !

Au rez-de-chaussée, la porte d'entrée a été défoncée.

Le père de David a serré sa main blessée.

< Tobias ! ai-je appelé en parole mentale. Nous allons avoir besoin de renforts ! >

La maison s'est mise à trembler sous les pas pesants qui montaient dans l'escalier.

Deux guerriers hork-bajirs ont surgi dans la pièce et ont immédiatement eu un mouvement de recul en voyant Ax.

Entre eux deux se trouvait un autre Andalite. Plus âgé qu'Ax. Mais qui lui ressemblait comme deux gouttes d'eau.

< Vysserk Trois ! > s'est exclamé Ax d'une voix remplie de haine.

< Nous avons entendu des coups de feu. Nous nous sommes dit que nous pourrions peut-être vous être utiles >, a-t-il déclaré d'un ton moqueur.

– Sortez de là ! s'est écrié David.

< Sortir de là ? a repris Vysserk Trois. Pourquoi ? Je ne comprends pas. Je viens juste de recevoir votre e-mail primitif et je me suis précipité ici. >

– Vvv vous vous voulez acheter le cube bleu ?

< Oh oui, sans aucun doute, a répondu Vysserk Trois. Je le veux, je le veux. Et je serais prêt à payer n'importe quoi. Laisse-moi réfléchir, qu'est-ce que je pourrais bien t'offrir pour ce cube ? Je sais ! >

Il a levé sa queue pour la coller contre la gorge de son père.

< Je t'offre la vie de ton père >

< Tu n'auras pas le cube >, a prévenu calmement Ax en faisant un pas en avant pour se mettre à portée de lame de Vysserk.

< Alors cet humain va perdre sa tête. Ce qui, je crois, est fatal pour cette espèce. >

Tout le monde est resté immobile pendant un long moment. Vysserk Trois, Ax. David, son père. Les deux Hork-Bajirs.

Personne n'a bougé. A part moi, Marco.

Cette animorphe était nouvelle pour moi. Je ne l'avais pas encore vraiment expérimentée. Et je ne savais absolument pas comment me déplacer alors que je ne possédais pas de jambes. Mais le cerveau du serpent le savait.

Je me suis mis à onduler. Mes longs muscles se sont contractés, et une moitié de mon corps s'est recroquevillée pour former un demi-cercle. Je me suis ensuite détendu et j'ai poussé ma tête en avant.

J'étais silencieux, j'étais rapide. Mais je n'étais pas invisible. Et du sang coulait de ma queue blessée.

< Qu'est-ce que c'est ? Un autre Andalite en animorphe ? > a demandé Vysserk Trois en dirigeant un de ses yeux tentaculaires vers le sol, dans ma direction.

Un mouvement soudain !

Le père de David a lancé sa tête en arrière pour se dégager de la lame de Vysserk.

David s'est jeté sur le chef des Yirks en hurlant :

– Laisse-le partir !

Ax a frappé avec sa queue. Flaaasshhh ! Mais son attaque a été trop lente, car il avait dû faire attention à ne pas toucher David.

Flonk ! Vysserk Trois a paré le coup.

Les deux Hork-Bajirs qui se tenaient jusqu'alors immobiles comme des statues ont fait un bond en avant, toutes lames dehors.

Vysserk Trois et deux Hork-Bajirs contre Ax et un serpent. Impossible de s'en sortir ! D'autant plus impossible que David et son père étaient à proximité et risquaient de faire les frais de cette bataille.

Fwapp !

Fwapp !

Des lames caudales ont fendu l'air.

Shlash ! Shlash ! Les lames de poignet et de bras des Hork-Bajirs se sont abattues.

Ax n'avait pas le choix. Il a rapidement reculé contre le mur du fond. Une avalanche de coups s'est alors abattue dans la chambre, déchirant tous les posters accrochés aux murs, lacérant les rideaux et envoyant valser tous les jouets et les bibelots posés sur le bureau de David.

J'ai ondulé pour suivre les combattants, contractant mes muscles, les relâchant, glissant sur le sol à la poursuite de quatre sabots et des grosses pattes de tyrannosaure des Hork-Bajirs.

Une cible ! Une cheville de Hork-Bajir !

Je me suis balancé en arrière, j'ai visé et j'ai frappé !

Aussi rapide qu'une queue d'Andalite, j'ai lancé ma tête triangulaire en avant, la bouche grande ouverte et les crochets prêts à mordre.

Croc !

Oui ! J'ai mordu dans la chair ! J'ai enfoncé mes crochets en forme d'aiguille aussi profondément que j'ai pu. Puis j'ai senti le venin mortel se répandre dans la jambe du Hork-Bajir.

– Aaaaarrrgggghh ! a-t-il hurlé de douleur.

Il a donné de grands coups de pied dans le vide et j'ai été secoué dans tous les sens ! Il continuait à agiter sa jambe comme un fou pour essayer de me faire lâcher prise, mais j'étais solidement accroché à lui.

En avant, en arrière ! Balancé à droite, à gauche. Ma tête était encore collée à sa jambe monstrueuse, mais le reste de mon long corps de serpent était secoué comme un fouet.

En avant !

< Aaaaaahhh ! >

En arrière.

< Aaaaahhh ! >

Puis le Hork-Bajir a commencé à faiblir.

Bang ! Bang ! Bang !

Le père de David avait repris son arme. Il était dans

un coin de la pièce, protégeant tant bien que mal sa main blessée et tirant avec l'autre.

J'ai vu trois petits cercles apparaître sur la poitrine du Hork-Bajir qui s'est effondré par terre.

J'ai retiré mes dents.

D'autres Hork-Bajirs se sont précipités dans la petite pièce. Je me suis souvenu que Tobias m'avait dit qu'il avait vu arriver un monospace. Ce qui signifiait qu'ils devaient être nombreux. Un de ces monstres m'a marché dessus, sans même remarquer que j'étais là. Grossière erreur de sa part. J'ai lancé ma tête en avant à une vitesse phénoménale. Cette fois, j'ai mordu, puis j'ai relâché rapidement ma prise.

Ax était à terre !

Je l'ai vu perdre l'équilibre, puis j'ai vu Vysserk Trois et deux Hork-Bajirs se rapprocher de lui.

Et les choses se sont alors vraiment gâtées.

– Hhhhhrrrrroooooarrrrhh !

Un énorme rugissement a retenti, et une créature encore plus terrifiante et plus impressionnante qu'un guerrier hork-bajir est apparue en inclinant son énorme tête et en balançant sa masse imposante. Rachel est entrée.

Si un jour vous croisez le chemin d'un grizzly en

liberté, dans la forêt, il vous paraîtra sûrement immense. Mais là, dans l'espace réduit d'une chambre à coucher, c'était encore plus impressionnant. L'animal s'est dressé sur ses pattes postérieures et ses jolies petites oreilles frottaient contre le plafond de la pièce. Je vais vous dire, même moi qui savais pourtant qu'il s'agissait de Rachel, j'étais effrayé.

Vous savez ce que ça fait quand un humain se bat contre un grizzly ? Eh bien, imaginez-vous un semi-remorque contre une petite voiture de ville. Prenez la petite voiture, et lancez contre elle le semi-remorque à plus de cent kilomètres heure. Voilà ce que ça donne un humain contre un grizzly.

Vous ne pouvez absolument pas imaginer la puissance de cet ours tant que vous ne l'avez pas eu en face de vous.

Les Hork-Bajirs sont des combattants redoutables. Mais, même eux, ils ne paraissaient pas rassurés quand ils ont vu Rachel entrer dans la pièce. Et derrière elle, se faufilant avec une grâce surnaturelle, est apparu un tigre. La lutte était déjà violente, mais là, ça allait être l'apocalypse.

David allait avoir de gros problèmes pour nettoyer sa chambre.

CHAPITRE

15

La chambre de David comptait quatre murs… au départ.

Au bout de quelques secondes, elle n'en avait plus que deux.

Ce fut une explosion de violence inouïe.

Des Hork-Bajirs, un grizzly, deux humains, un tigre, un Andalite, un Andalite-Contrôleur et moi, l'homme-serpent.

Slash !

Roar !

< Pourriture andalite ! > hurlait Vysserk Trois, fou de rage.

Le matelas a été déchiqueté. De la mousse synthétique volait de toutes parts.

Slash !

Fwaappp !

< Cette fois, tu ne t'échapperas pas, Vysserk ! > a déclaré bravement Ax.

Rachel a frappé un Hork-Bajir avec sa patte grosse comme un jambon. L'extraterrestre est passé à travers le mur. J'ai bien dit à travers le mur.

< Il était temps que vous arriviez, les gars ! ai-je dit. Nous allions prendre une raclée. >

< Tu pourrais m'expliquer pourquoi tu as morphosé en serpent ? > m'a demandé Jake.

< C'est une longue histoire >, ai-je répondu.

Crash ! Quelqu'un ou quelque chose venait de passer par la fenêtre.

Je me suis glissé sous les pattes d'un Hork-Bajir. Je cherchais des sabots d'Andalite. Je cherchais Vysserk Trois. Je voulais déverser mon venin en lui.

Mais depuis le sol, avec ces créatures monstrueusement grandes au-dessus de moi en train de pousser des cris, de sauter dans tous les sens et de donner des coups, ce n'était pas facile.

Soudain, Jake est entré en action. Le grizzly de Rachel était peut-être effrayant à voir, mais le tigre de Jake était impressionnant à entendre.

Rrrrrroooooowwwwwrrrrrrr !

Vous pouvez me croire, le sol a tremblé sous l'effet

des ondes sonores. Les vitres aussi. Vous ressentiez les vibrations jusque dans l'air.

J'ai alors vu des sabots ! Des sabots délicats d'Andalite. Mais à qui appartenaient-ils ? A Ax ? Ou à Vysserk Trois ?

Comme je les fixais avec mes yeux de serpent, je les ai vus se transformer. Ils se sont mis à fondre. Puis à grossir.

C'était Vysserk Trois en train de morphoser !

J'ai pris de l'élan. J'ai contracté les muscles qui actionnent ma tête et...

Une main a soudain fondu sur moi et m'a attrapé derrière le cou. Il s'agissait de David.

– Attention, Joker ! a-t-il crié.

< Espèce d'imbécile, repose-moi par terre ! > ai-je grogné en parole mentale.

David a fait un bond en arrière sous l'effet de la surprise et m'a relâché.

Je suis tombé en vrille, puis je me suis de nouveau préparé à attaquer ma proie.

Whumpf !

Une grosse patte de Hork-Bajir s'est abattue sur moi.

Il en fallait plus pour me tuer, mais ça m'a ralenti.

Je suis resté là, un peu assommé, en train d'assister à la métamorphose de Vysserk Trois.

Vysserk Trois possède des animorphes d'une douzaine de planètes de toute la galaxie. Nous en avions déjà vu certaines. Mais je ne connaissais pas celle-ci.

Il est devenu violet comme une fleur. Mais il n'avait rien de joli. Et il ne me serait pas venu à l'idée d'en faire un bouquet pour l'offrir. Ce monstre violet n'inspirait pas la sympathie.

Il a émergé du corps de Vysserk Trois en se recroquevillant sous le plafond. Il avait des épaules massives. Assez massives pour que celles de Rachel paraissent frêles en comparaison. Il se tenait sur deux pieds très écartés l'un de l'autre, chacun possédant quatre orteils aussi gros que mes cuisses.

Son visage… si l'on pouvait appeler ça un visage… était au centre de la partie supérieure de son corps, il était donc incapable de regarder derrière lui, seulement droit devant. Deux gros yeux clignaient à l'endroit où se trouve habituellement la poitrine d'un homme. Étrange ? Oh oui, carrément étrange.

Tandis que je le regardais avec horreur, sa bouche grossissait, fendue en son milieu d'une entaille rouge qui parcourait le ventre de la créature. Elle était bordée de dents tranchantes comme celles d'une scie, et d'une langue, semblable à ma langue de serpent, qui n'arrêtait pas d'entrer et de sortir.

Tout cela était plutôt inquiétant. Mais ce n'était rien comparé à ce qui s'est passé ensuite. Quatre bras sont sortis de ses épaules, deux de chaque côté. A leur base, ils étaient lisses et musclés, mais à mesure que l'on se rapprochait de ce qui devait être les mains, ils se pliaient comme un accordéon. Et à la place des mains sont apparues des pointes rouges. On aurait dit, je ne sais pas trop, des cônes de signalisation que l'on voit au bord des routes. Vous savez, ces trucs que l'on utilise pour dévier la circulation quand il y a des travaux ou des trucs de ce genre. Voilà à quoi ça ressemblait : à des cônes de signalisation qui auraient poussé à l'extrémité de quatre bras.

Les combattants s'étaient regroupés en deux camps : Rachel, Jake et Ax d'un côté, couverts de sang, de sueur, à bout de souffle, blessés et enragés. De l'autre, les Hork-Bajirs et Vysserk Trois. Entre les deux, il y avait ce qu'il restait du lit de David.

Deux cloisons avaient été presque entièrement détruites. L'une d'elles offrait un passage vers la salle de bains. C'est là que se trouvaient David et son père, qui tenait toujours son pistolet à la main, mais qui nous regardait tous l'un après l'autre sans savoir sur qui il devait tirer. Qui étaient les bons ?

L'autre cloison donnait sur la chambre principale. Des débris de toutes sortes jonchaient le sol. De gros morceaux de Placoplâtre pendaient lamentablement.

Je me demandais où se trouvaient Tobias et Cassie. Mais j'ai réalisé soudain qu'il y avait des bruits de lutte venant du rez-de-chaussée. Ils couvraient nos arrières.

Vysserk Trois avait fini de morphoser.

< Il s'agit d'un Dule Fansa, a-t-il annoncé. Un petit nom charmant, non ? Vous voulez voir de quoi il est capable ? >

Il a dirigé l'une de ses mains en forme de cône vers Ax.

Fwwwaaaasssshhh !

Elle est partie comme un missile. La peau en accordéon de son bras s'est détendue, étirée vers l'avant ! Le cône se dirigeait droit sur Ax qui a réussi à l'esquiver, mais le projectile l'a tout de même effleuré et il est tombé sur ses genoux. Le cône est alors allé finir dans un mur encore intact et y a fait un trou d'un mètre de diamètre.

En un éclair, le bras s'est rétracté, prêt à frapper de nouveau.

< Maintenant, laissez-moi vous exposer les choses simplement, a dit Vysserk Trois sur le ton de la confidence. Je veux ce cube bleu. Ou vous allez tous mourir. >

CHAPITRE

16

Premièrement, il n'était absolument pas question que Vysserk Trois récupère ce cube.

Deuxièmement, je ne savais même pas où il se trouvait.

Troisièmement, il y avait maintenant six Hork-Bajirs entassés dans la pièce et dans la chambre voisine. Plus Vysserk Trois dans son animorphe monstrueuse. Plus des Hork-Bajirs au rez-de-chaussée qui empêchaient Cassie et Tobias de venir nous aider.

Donc, quatrièmement : nous n'étions pas près de gagner cette bataille.

< On ferait mieux de prendre le large >, ai-je proposé à Jake et à Rachel.

< Nous ne pouvons pas. Si nous partons, les Yirks vont tout détruire pour trouver le cube >, a estimé Jake.

< Où donc est ce stupide cube ? > a demandé Rachel.

Je dois vous préciser que la parole mentale est un peu comme un e-mail. Elle n'est entendue que par ceux à qui vous désirez parler. A moins que vous ne parliez de manière ouverte, auquel cas tout le monde peut entendre ce que vous dites.

Là, nous ne parlions qu'entre nous trois. Mais quand Vysserk Trois prend la parole, il s'adresse à tout le monde.

< Je ne suis pas réputé pour ma patience, a-t-il déclaré. Je vais récupérer ce cube bleu. Et je vous détruirai tous. Mais si je le récupère immédiatement, je pourrais décider de ne pas vous détruire tout de suite. >

< David est le seul à savoir où il se trouve >, ai-je expliqué.

< Ok, m'a répondu Jake. Demande-lui. >

< David, ai-je dit en dirigeant ma parole mentale vers lui. David, écoute-moi. >

J'ai vu ses yeux bouger nerveusement, recherchant l'origine de cette voix. Il était dans la baignoire, ce qui n'était pas un mauvais endroit, si l'on considère les autres possibilités qui s'offraient à lui.

< David, écoute-moi. Je suis dans ton camp. Nous devons conserver ce cube. Il faut donc que nous sachions où il est. >

Vysserk Trois a fixé Ax avec ses yeux incrustés dans sa poitrine.

< Courageux Andalites, a-t-il déclaré d'un ton moqueur. Vous préférez que je tue ces humains plutôt que d'abandonner le cube ? >

– Non, a soudain crié David. Je l'ai votre stupide cube. Laissez-nous tranquilles. Il est ici, dans mon sac à dos, si vraiment vous y tenez tant.

Il a commencé à retirer son sac, et à peu près dix autres choses sont arrivées en même temps. Les Hork-Bajirs lui ont sauté dessus.

Son père a ouvert le feu. Bang ! Bang ! Bang ! Clic…

Ax a donné un coup de queue à l'animorphe de Vysserk Trois.

Rachel s'est précipitée pour essayer d'attraper David, ou son sac à dos, ou les deux en même temps.

La lame caudale d'Ax a frappé un des bras rétractiles de Vysserk.

< Aaaarrrrrrggggghhhhh ! > a-t-il hurlé alors que son membre était sectionné de part en part.

Jake a plié ses puissantes pattes arrière et, ignorant les Hork-Bajirs, il s'est jeté sur Vysserk Trois.

J'ai mordu la patte du Hork-Bajir le plus proche et j'ai déversé mon poison dans ses veines.

< Rachel ! Emporte ce gamin loin d'ici ! > a ordonné Jake.

Elle a poussé un cri puissant, balancé son énorme tête, s'est mise sur ses quatre pattes, puis est partie en courant vers David. Elle filait avec la légèreté d'un train, ou d'un semi-remorque, droit sur lui.

Un Hork-Bajir lui a donné un coup de lame. J'ai compris ce qu'elle allait faire. Il y avait une petite fenêtre dans la salle de bains. Elle allait essayer de le faire passer par cette ouverture. Ce n'était pas très drôle pour David d'être ainsi balancé d'un étage à travers une vitre, mais les autres perspectives n'étaient pas plus réjouissantes.

Rachel courait.

David se recroquevillait dans sa baignoire.

Et Vysserk Trois a tiré deux énormes cônes dans sa direction.

Whum ! Whumph ! Wham ! Crunchh !

Les projectiles ont manqué leur cible et ont fait un énorme trou dans le mur de la salle de bains qui donnait sur l'extérieur. Soudain, le garçon a été soulevé

par une montagne de fourrure et projeté dans les airs.

Je savais que Vysserk Trois ne pouvait pas se permettre d'engager une course-poursuite à travers tout le lotissement dans son animorphe d'extraterrestre et accompagné d'une douzaine de Hork-Bajirs. Mais je savais aussi qu'il allait passer sa mauvaise humeur sur quelqu'un. Et ce quelqu'un, c'était moi, Ax et Jake.

Wham ! Il a lancé son poing contre Jake. J'ai senti un courant d'air au moment où il est passé devant moi. Il a heurté le flanc de Jake qui s'est effondré lourdement sur le sol.

Wham ! Un autre poing a été projeté vers Ax qui l'a esquivé, mais de justesse. Il a chancelé et a été précipité vers le trou dans le mur. Il était en équilibre et ne pouvait se raccrocher à rien. Il a donc fait un quart de tour et a décidé de sauter. Avant même qu'il n'ait touché le sol, il avait commencé à morphoser.

< Jake, cours ! > ai-je hurlé.

Il s'est mis à courir, mais ses pattes arrière se traînaient.

Des Hork-Bajirs l'ont encerclé et l'ont attaqué sans relâche en le tailladant de toutes parts. Et je ne pouvais lui apporter aucune aide !

Soudain, de manière inattendue, rapide, silencieux,

un éclair gris et blanc est entré dans la pièce. Un loup filait au ras du sol, les dents découvertes. Cassie !

Elle s'est jetée sur le dos du Hork-Bajir le plus proche et a planté ses crocs dans le bas de son cou.

Jake a titubé tant bien que mal jusqu'au trou du mur et, moitié sautant, moitié tombant, il a atterri lourdement et douloureusement sur le gazon en contrebas.

Cassie a desserré ses mâchoires et a pris appui sur le dos du monstre pour sauter et s'envoler dans les airs avant de se poser gracieusement dans le jardin.

Tout le monde était sorti. Tout le monde, sauf le père de David et moi. Deux Hork-Bajirs le tenaient par les bras. Il hurlait. Il hurlait le nom de son fils, encore et encore.

– David ! David ! David !

J'assistais à la scène. Le terrible regard de Vysserk Trois s'est alors posé sur moi.

Je me suis glissé sous le lit aussi rapidement que j'ai pu. J'ai relevé ma tête comme pour me préparer à mordre, je me suis glissé entre les lattes du sommier et je m'y suis accroché, comme l'aurait fait un python.

Des bras puissants ont soulevé le lit.

< Ah ! ah ! Il nous reste quand même un Andalite pour nous amuser ! > s'est réjoui Vysserk Trois.

Mais l'animal qu'il voyait sur le sol, ce n'était pas moi. C'était Joker.

Le Hork-Bajir a jeté une serviette sur le serpent et l'a attrapé. Ils sont descendus bruyamment au rez-de-chaussée, emportant avec eux ce qu'ils croyaient être un Andalite.

Je ne voulais même pas penser à ce qu'allait devenir ce pauvre animal. Peut-être qu'ils l'enfermeraient, attendant juste qu'il démorphose.

Mais s'ils voyaient qu'il ne démorphosait pas, peut-être qu'ils lui feraient subir d'autres choses. Vysserk Trois est une créature maléfique et sans pitié.

Quant au père de David… je ne savais que trop ce qu'il allait devenir. Il n'y avait qu'une seule issue pour lui : dans quelques heures, il aurait une limace yirk dans la tête.

Ce serait la fin de sa vie d'homme libre.

Vysserk Trois est resté un moment dans la pièce après le départ de ses troupes et des prisonniers. Sentait-il quelque chose de bizarre ? Sentait-il une présence ? J'étais à découvert, enroulé fermement autour d'une latte du sommier qui était retourné.

J'étais immobile. Si immobile qu'on aurait pu croire que j'étais mort. Vysserk Trois a démorphosé et a retrouvé son corps d'Andalite.

Il a jeté un dernier coup d'œil autour de la pièce.

J'espérais qu'il se rapprocherait de moi. Mes glandes étaient peut-être de nouveau remplies de venin. J'en avais peut-être assez pour le tuer.

Mais il n'est pas venu près de moi. Il a morphosé dans son corps d'humain et a calmement quitté la pièce en marchant.

CHAPITRE 17

La police est arrivée sur les lieux alors que nous nous enfuyions en démorphosant. Et, le temps qu'ils arrivent, mes amis et moi étions partis. Ainsi que les Yirks.

La maison de David était un véritable champ de bataille.

J'ai démorphosé pour retrouver ma forme humaine, puis j'ai remorphosé en balbuzard et je me suis envolé juste au moment où la police entrait.

J'ai repéré mes amis en dessous. Ils avaient tous démorphosé, sauf Ax, bien sûr, qui avait pris sa forme humaine.

Ils portaient David qui avait perdu connaissance. Je ne savais pas si c'était sa chute qui l'avait mis KO, ou autre chose.

J'ai piqué vers le sol et je me suis posé sur une

benne à ordures installée dans une allée. J'ai démorphosé, à l'abri des regards indiscrets, et j'ai sauté de mon perchoir. Les autres arrivaient juste dans cette direction.

– Hé ! ai-je appelé pour attirer leur attention.

Jake poussait David, qui était encore groggy, mais qui commençait à reprendre ses esprits.

Rachel et moi l'avons délicatement calé contre un mur en brique.

– Ils ont emmené son père, ai-je dit.

< Ils ont également pris sa mère, a ajouté Tobias qui est descendu silencieusement du ciel avant de venir se poser sur le rebord de la benne. Je suis resté aux alentours de la maison jusqu'à ce que tout le monde soit parti. La mère de David est arrivée juste quand les Hork-Bajirs sont sortis. Et ils l'ont capturée. >

– Quand ils la libéreront, elle sera un Contrôleur, est intervenue Rachel.

Elle a posé les yeux sur David.

– Pauvre gosse.

– Il n'a plus de maison où aller, a ajouté Cassie. Vysserk Trois connaît son nom, son visage, son adresse. Ils ne tarderont pas à savoir à quel collège

il va et où il a l'habitude de traîner. Il est fiché. Si nous le laissons partir, ils l'attraperont aussi. Ils en feront un Contrôleur.

J'ai fait un signe de tête affirmatif. Puis je me suis précipité sur son sac à dos et j'ai fouillé à l'intérieur jusqu'à ce que je sente les angles lisses et droits du cube bleu.

– Il n'a vu aucun de nous, ai-je remarqué. Il ne peut pas nous dénoncer aux Yirks. S'ils l'attrapent et font de lui un Contrôleur, il ne sera pas capable de leur révéler notre identité.

< Qu'est-ce que tu veux que nous fassions, Marco ? a demandé Tobias. Que nous le laissions tomber. >

– Tu as une autre idée ?

– Ce serait dur, a estimé Rachel.

Mais je pouvais voir qu'elle était d'accord avec moi.

– Il y a peut-être une autre solution, est intervenu Ax.

Il était dans son étrange animorphe d'humain. Une animorphe créée à partir de l'ADN de Jake, de Rachel, de Cassie et du mien. C'était bizarre de le regarder et de reconnaître des traits de mon visage mélangés avec ceux des autres.

– Quelle autre solution ? a voulu savoir Jake.

– Nous avons le cube, a-t-il repris. Cu-cube. Nous pourrions nous en servir. Du cu-cube.

Nous l'avons tous regardé fixement.

– Pour créer un nouvel Animorph ? me suis-je étonné.

– Oui, créons un nouvel Animorph ! s'est enthousiasmée Cassie.

Jake a hoché la tête. Rachel s'est mise à réfléchir, regardant tour à tour Cassie, Jake, David, puis dirigeant ses yeux vers le sol.

– Ça ne me plait pas, a-t-elle fini par dire.

– La question est : avons-nous une autre solution ? est intervenu Jake. Écoutez, il va bientôt se réveiller. On ne peut pas l'empêcher de reprendre conscience. Alors la situation se résume à ça : soit nous en faisons un des nôtres, soit nous le laissons, ici et maintenant. Dans cette allée. Avec des parents qui seront bientôt des Contrôleurs. Avec Vysserk Trois qui connaît son nom et qui est à la recherche du cube bleu.

– Ce serait cruel, ai-je reconnu, mais je ne crois pas qu'on pourrait s'entendre avec ce type. Nous ne le connaissons pas.

< Nous ne nous connaissions pas tous non plus

quand Elfangor a utilisé le cube bleu pour nous donner ce pouvoir >, a remarqué Tobias.

– Nous ne te connaissions pas, toi, a rectifié Rachel. Mais Cassie et moi étions déjà meilleures amies. Cassie et Jake étaient, hum... amis. Jake est mon cousin. Marco était son meilleur ami. Nous avions des liens. A part avec toi. Et Ax. Avec ce type, David, il n'y a rien.

C'est étrange, d'une manière ou d'une autre, Rachel et moi sommes souvent du même avis. Je sais qu'elle est plus proche de Tobias, et surtout de Cassie, que de moi, mais concernant les problèmes importants, nous défendons souvent le même point de vue.

– C'est un gros risque, a repris Jake pensivement. Si ça marche, nous serons plus forts. Sinon...

– Écoutez, nous avons le cube en notre possession, non ? a repris Cassie. Donc, David est peut-être le premier d'une longue série. Ce que je veux dire, c'est que nous pouvons l'utiliser pour créer de plus en plus d'Animorphs. Des douzaines. Des centaines. Plus nous serons nombreux, plus nous serons puissants pour combattre les Yirks.

C'était une excellente idée. Je n'y avais pas pensé du tout. Mais elle avait raison. Cela ne concernait pas seulement un garçon. C'était une stratégie à long terme.

Rachel m'a regardé.

– Quand tu es en guerre, tu préfères avoir plus de troupes que moins de troupes, non ? C'est logique. Par ailleurs, nous pourrions être plus audacieux. Alors que, quand nous ne sommes que six, nous devons agir prudemment.

Je n'étais pas indifférent à ce point de vue. C'est vrai, Rachel avait raison elle aussi. A l'heure actuelle, nous devons agir prudemment. Nous ne pouvons pas nous permettre de prendre trop de risques. Si nous étions plus nombreux à être des Animorphs, nous pourrions essayer d'alerter le monde entier sur la situation. Nous pourrions infiltrer la télévision, intervenir sur un plateau en morphosant en direct, et les gens réaliseraient que nous disons la vérité. Nous pourrions aussi aller voir le président, lui faire une démonstration de nos pouvoirs, et tout lui expliquer.

Nous serions enfin capables de gagner la guerre au lieu de nous contenter de contenir l'ennemi. Et cependant... J'ai levé les bras au ciel, et j'ai soupiré.

– Il a appelé son chat Mad Max. Et son cobra Joker. Quel genre de type peut-il bien être ?

Cassie a haussé les épaules.

– Un gars qui aime bien les films fantastiques.

< Je ne crois pas que nous ayons le choix, a estimé Tobias. Mais c'est à Jake de prendre la décision. >

– Oui, prince Jake doit décider, a approuvé Ax.

– C'est une lourde responsabilité, a fait Jake en secouant la tête, si Erek a raison, comme c'est souvent le cas, une mission extrêmement périlleuse nous attend. Non, je ne veux pas prendre cette décision seul. Pas cette fois. On n'a qu'à voter. La question est simple : est-ce que nous faisons de David l'un des nôtres, oui ou non ?

<Oui, a fait Tobias. On ne peut pas l'abandonner à Vysserk Trois.>

– Moi aussi, je vote pour, a dit Cassie, on doit prendre le risque et espérer que tout ira pour le mieux.

Je me suis mis à renifler. Je ne peux pas m'en empêcher. C'est ma façon à moi de réagir chaque fois que quelqu'un « prend un risque ».

Cassie m'a lancé un sourire plein d'indulgence.

– Je ne devrais pas voter, a estimé Ax. J'obéis à prince Jake. Jaaaake.

Jake a secoué la tête.

– Pas question. Tu fais partie des nôtres, Ax. Lorsqu'on se bat, on n'a pas toujours le temps de voter avant d'agir. Mais nous sommes en démocratie.

– Alors, je vote contre, a répondu Ax.

J'ai haussé les sourcils d'étonnement. Nous étions six en tout, et je pouvais encore gagner.

< Juste par curiosité, a demandé Tobias, est-ce que tu pourrais nous dire pourquoi ?>

– Nous ne sommes pas une armée, mais seulement une bande de gorilles... heu de guerilleros. On confond facilement les deux mots. Vous, les humains, ne devriez pas inventer des mots si... Mais peu importe. Ce que je veux dire, c'est que le fait de passer de six à sept membres ne nous rendra pas plus forts. Et ça n'est pas sans rixes, heu... sans risques.

– Si nous envisageons qu'il y ait un jour des centaines, voire des milliers d'Animorphs, il faut bien commencer par quelqu'un, non ? est intervenue Cassie.

– Oui, bien sûr, lui a répondu Ax. Mais nous devrions commencer par une personne qui nous est proche, pas par un étranger. Il y a cette mission qui nous attend, nous devons sauver les dirigeants des différents pays de votre planète. La présence d'une septième personne nous aiderait peut-être. Mais ça pourrait aussi rendre notre groupe moins solidaire, moins rapide à prendre des décisions.

Jake a levé les yeux vers moi.

– Je suis d'accord avec Ax, ai-je ajouté, il y a quelque chose chez ce type qui ne me revient pas.

– Nous avons donc deux pour et deux contre, a résumé Jake. Et toi, Rachel ?

Rachel allait voter contre. Alors, même si Jake votait oui, nous serions à égalité. Et Jake n'oserait pas décider dans un tel cas. Je commençais à me sentir soulagé, mais tout de même un peu coupable. Je n'aimais pas penser à ce qui attendait David...

– Je tente le coup, a dit Rachel.

– Quoi ? ai-je hurlé.

– Tu m'as bien entendue. Ax a raison : la présence d'un autre membre, c'est un risque supplémentaire. Mais Cassie aussi a raison : il faut bien commencer un jour, maintenant que le cube est en notre possession. Qu'est-ce qu'on va faire ? Passer une annonce dans un journal qui dirait : « Recherche personne pour braver le danger, faire des cauchemars, avoir des sueurs froides sans aucune rémunération. Vous avez toujours rêvé de vous transformer en insecte et de combattre des créatures extraterrestres qui contrôlent les cerveaux ? Alors appelez 3615 ANIMORPHS. »

Cassie a éclaté de rire.

– Le plus triste, a-t-elle fait, c'est que toi, tu répondrais à une annonce aussi dingue !

Rachel a ri à son tour.

– Tout juste. Tu peux donc t'imaginer le genre d'individus qu'on recruterait !

C'était maintenant à Jake de parler.

David a poussé un gémissement et a remué la tête. Il a battu des paupières et il a ouvert les yeux.

– Qui êtes-vous ? a-t-il dit en voyant d'abord Jake puis le reste de notre groupe.

Jake a poussé un soupir.

– David, nous sommes ceux qui vont bouleverser ton existence.

CHAPITRE 18

– On les appelle les Yirks, a expliqué Jake.

Nous étions retournés à la grange de Cassie et nous nous trouvions au milieu des cages d'animaux blessés. Ça sentait la paille, les médicaments et les déjections.

David était assis sur une botte de foin, caressant sa mâchoire. Nous étions debout, à côté de lui.

– C'est une espèce parasite qui vient d'une autre planète. Ils ne sont pas très impressionnants ; on dirait des limaces grises. Mais ils pénètrent dans le cerveau de leurs victimes et les réduisent à l'état d'esclaves. Quant aux grosses créatures de plus de deux mètres que tu as vues chez toi, ce sont des Hork-Bajirs. Ils ont des Yirks dans le cerveau. C'est une race qui a été totalement asservie.

– Et maintenant, ils s'en prennent aux humains, a

renchéri Cassie. Ils sont déjà des milliers à avoir été transformés en Contrôleurs. C'est comme ça qu'on appelle ceux qui ont été infestés par les Yirks.

– Mon frère est l'un d'eux, a fait Jake.

– Et à l'heure qu'il est, ton père et ta mère le sont aussi.

Cassie m'a lancé un regard furieux et désapprobateur. De toute évidence, Jake partageait sa colère.

J'ai haussé les épaules.

– Il faut bien qu'il apprenne ce qui est en train de se passer, il faut bien qu'il sache que ce n'est pas un jeu.

– Qu'est-ce que tu as dit à propos de mon père et de ma mère ? a fait David en s'adressant directement à moi.

J'ai soupiré.

– Écoute-moi bien : tout ça est en rapport avec ce cube bleu que tu as trouvé. Les Yirks veulent s'en emparer. Tu te rappelles le gars qui s'est transformé en grosse bête mauve ? Eh bien, c'était Vysserk Trois. C'est lui le chef des Yirks sur Terre, et c'est lui qui dirige l'invasion. Tu me suis ? Comme tu l'as sûrement remarqué, il veut ce cube. Et il a laissé ton père, et ta mère aussi, je suppose, le voir sous sa vraie nature. Ils savent qui il est. Et ça, c'est strictement défendu. Les

Yirks ne veulent pas que les gens sachent ce qui est en train de se passer. Tout du moins, pas encore. Alors il va se débrouiller pour que ton père et ta mère ne parlent pas. Et il va aussi tout faire pour découvrir ce qu'ils savent à propos du cube.

David a secoué la tête, ne comprenant visiblement pas.

– Est-ce que tu prétends qu'il va les torturer, ou quelque chose dans le genre ?

– Bon sang, ai-je murmuré.

Ça n'allait pas être facile de tout expliquer. Je me suis approché de lui.

– Ouvre grand tes oreilles. A l'heure qu'il est, tes parents ont été emmenés dans une installation souterraine et secrète appelée Bassin yirk. Ce n'est pas un endroit très plaisant. Essaie d'imaginer une fosse à purin ou une mare toute grisâtre. Il y a deux pontons en acier qui avancent au-dessus du bassin. Des guerriers hork-bajirs vont traîner tes parents jusqu'au bout de l'un de ces pontons et ils...

– Marco ! a hurlé Cassie, très en colère.

– Ils vont les traîner jusqu'au bout du ponton et ils les feront basculer en avant pour plonger leur tête dans le bassin. Et pendant qu'ils donneront des coups de pied et qu'ils crieront à l'aide, une limace yirk remontera vers la surface et s'introduira dans l'une de leurs oreilles. Elle s'aplatira, se tortillera et avancera en se dandinant jusqu'à l'intérieur de leur crâne et, une fois dedans, elle enveloppera leur cerveau. Ensuite les Hork-Bajirs les tireront hors de ce bassin infecte et ils sentiront immédiatement qu'ils ne contrôlent plus ni leurs bras ni leurs jambes. Les Yirks liront dans leurs souvenirs comme on lit dans un livre. Ils seront devenus des esclaves. Et leur servitude sera totale, car même leur esprit ne leur appartiendra plus. Alors, tu saisis maintenant ?

Pendant que je racontais tout ça, David s'était contenté de me regarder. Mais petit à petit, sans que je m'en aperçoive immédiatement, des larmes sont apparues dans ses yeux et j'ai alors eu un mouvement de recul.

J'avais le souffle coupé, et je me sentais, je me sentais...

Les images repassaient dans ma tête. Pendant que je parlais, ce n'était pas le visage de la mère de David qui m'était apparu, mais celui de ma mère à moi.

Dans la grange, tout était silencieux. Même les animaux semblaient ne faire aucun bruit.

D'une voix neutre, j'ai dit :

– Ma mère est des leurs, elle est un Contrôleur.

– Nous avons beaucoup de choses à te révéler, David, a fait Jake calmement, mais Marco a raison. Il faut bien que tu saches que ce n'est pas un jeu. C'est une question de vie ou de mort. L'avenir de l'espèce humaine en dépend. Il est trop tard, on ne peut plus rien faire pour tes parents. Maintenant, tu n'as plus de maison et tu ne peux plus retourner à l'école. Si jamais tu y allais, ils te trouveraient. Et tu connaîtrais à ton tour le supplice du ponton d'acier.

J'ai vu les yeux de David s'assombrir encore un peu plus. Ce n'est pas tous les jours qu'on vous apprend que vous allez devoir changer de vie.

– Tout ça est idiot... je veux dire... ça n'est pas juste. C'est impossible... on doit me jouer un mauvais tour...

– Tu as bien vu ce qui s'est passé chez toi, lui a dit Rachel.

– Ça pourrait très bien être des types déguisés, a objecté David.

– Mais tu as bien vu Vysserk Trois morphoser, lui a fait remarquer Cassie.

– Qu'est-ce que c'est que ça un Kisser Trois ?

– Vysserk Trois. Avec un V, a corrigé Jake. Celui qui

ressemblait à un daim avec une queue de scorpion. Tu l'as vu morphoser en cette espèce de monstre violet qui écrasait tout avec ses poings.

David a pris un air songeur.

– Tout ça, c'est truqué.

J'ai jeté un œil à Rachel. J'avais l'impression qu'elle regrettait déjà son vote.

– Ax, a dit Jake. Démorphose.

Ax a fait un signe affirmatif avec sa tête humaine.

– Avec plaisir. Je me sens très mal à l'aise quand je n'ai pas ma queue. Maaaal-à-laise.

– David, regarde Ax. Regarde attentivement.

Il a fixé Ax alors que celui-ci commençait déjà à se transformer. Des sabots sont progressivement apparus à la place de ses pieds. Ses bras sont devenus plus maigres et plus faibles. Des doigts supplémentaires ont poussé à l'extrémité de ses mains. Ses lèvres se sont fondues l'une dans l'autre et sont devenues couleur peau, avant de disparaître complètement. Ses pattes de devant se sont développées et sont sorties de sa poitrine.

– Aaaaahhh ! Aaaaahhh ! a crié David.

Il a fait un bond, a trébuché et s'est apprêté à partir en courant.

Rachel l'a agrippé.

– Tout va bien, tu vas vite t'habituer à ça.

Elle lui a fait faire demi-tour et l'a poussé en direction du mur contre lequel il était assis.

Nous avons entendu comme un bruit de succion quand la queue d'Ax s'est mise à pousser. Il était maintenant sur ses quatre pattes. Des tentacules ont surgi au sommet de sa tête et des yeux sont sortis à leur extrémité.

Pop ! Pop !

– Tu vois, a repris Jake. Il n'y a pas de trucage. Tu as devant toi Aximili-Esgarrouh-Isthil. Nous l'appelons Ax pour simplifier les choses. Il est andalite. Les Andalites sont les gentils garçons de la galaxie.

– Enfin, pour la plupart, ai-je marmonné.

– Vysserk Trois, que tu as vu dans ta chambre, possède un corps d'Andalite. Mais il est avant tout un Yirk. Il a juste capturé et transformé en esclave un Andalite.

David était sous le choc. Il restait là sans rien dire. J'avais envie de rire. Tout ça était dingue, bien sûr. Ce pauvre gosse qui, quelques minutes plus tôt, ne pensait qu'à ses petites affaires, se retrouvait maintenant au milieu d'un...

Mais il faut vous rappeler que nous sommes tous

passés par là, une nuit alors que nous rentrions chez nous en traversant le chantier de construction*.

Moi non plus je ne voulais pas devenir un Animorph. Jake n'avait pas voulu devenir notre chef. Cassie voulait seulement sauver les arbres et s'occuper des animaux. Tobias était un enfant un peu perdu qui recherchait quelqu'un pouvant lui offrir de l'affection. Un enfant tout ce qu'il y a de plus humain.

Rachel... eh bien, je crois personnellement qu'elle est heureuse de la tournure qu'a pris sa vie. Rachel a toujours été une guerrière déguisée en top model.

Comment David allait-il réagir à tout cela ? Allait-il tenter de résister, comme je l'avais fait ? Allait-il s'engager à fond dans le combat, comme Rachel ?

– Il y a une chose agréable dans tout ça, est intervenue Cassie. Il y a une compensation à tous les dangers et à toutes les peurs.

David l'a regardée sans comprendre.

– Tu sais, les animaux sauvages qui ont combattu les Yirks aujourd'hui ? Les rapaces qui ont

*Voir L'Invasion, Animorphs n°1

essayé de te voler le cube bleu ? ai-je dit. Nous. C'était nous. En fait, Vysserk Trois et Ax ne sont pas les seuls à pouvoir morphoser. Nous le pouvons aussi. Et maintenant que nous avons ça, tu vas pouvoir le faire aussi.

J'ai levé le cube bleu.

– Nous avons le pouvoir de devenir tous les animaux que nous touchons, a expliqué Cassie. Un dauphin, un putois, un loup.

– Un éléphant ou un grizzly, a ajouté Rachel.

– Un gorille, un requin, ai-je continué.

– Un tigre, une mouche, un cafard, a complété Jake. N'importe quel animal. De n'importe quelle taille. Mais pas plus de deux heures. Tu ne dois jamais rester morphosé plus de deux heures.

– Pourquoi ? a demandé David.

– Je vais te présenter le dernier membre des Animorphs, ai-je annoncé. David, mon grand, voici Tobias.

CHAPITRE 19

David a passé la nuit à la maison. J'ai dit à mon père que c'était un copain. Je lui ai laissé mon lit. J'ai dormi dans mon sac de couchage et sur un matelas gonflable qui avait déjà perdu tout son air à deux heures du matin.

Heureusement car, quand je me suis réveillé, je me suis aperçu que David avait quitté la chambre. Je l'ai trouvé en train de faire un numéro de téléphone sur l'appareil qui se trouvait dans le couloir.

J'ai posé mon doigt pour raccrocher avant qu'il n'obtienne sa communication.

– Tu n'as jamais entendu parler des écoutes ? ai-je chuchoté.

– J'appelle mes parents, a-t-il répondu sèchement.

J'ai acquiescé.

– Si tu veux, mais pas d'ici.

Nous nous sommes habillés, nous sommes passés discrètement devant la chambre de mon père et nous avons descendu les escaliers. Il faisait frais et humide dehors.

– Viens, lui ai-je dit.

– Où allons-nous ?

– Tu veux appeler chez toi, parfait. Nous allons appeler. Mais d'une cabine téléphonique. Et nous allons voir ce qui va se passer.

Je l'ai emmené dans la rue, espérant qu'aucune patrouille de police ne nous repérerait. Je n'ai pas l'habitude de traîner dans la rue la nuit. Enfin, pas sous ma forme humaine. Normalement, je suis en animorphe.

Je l'ai guidé dans le noir, à travers les rues silencieuses, et je l'ai conduit jusqu'au boulevard principal. Il y avait une cabine téléphonique sur le trottoir, près d'un parking.

– Bien, maintenant écoute-moi, tu vas faire ce que je te dis de faire, l'ai-je prévenu. Tu peux appeler. Tu peux dire à tes parents que tu vas bien. Mais ne leur dis pas avec qui tu es. Ni où tu es. Entendu ?

Il a acquiescé d'un signe de tête. Mais je ne crois pas qu'il avait l'intention de m'obéir. Ce n'était pas grave, car je n'avais pas l'intention de le laisser agir seul. Ma main serait toujours prête à couper la communication si jamais il lui venait à l'idée de dire quelque chose qu'il ne fallait pas.

David a introduit une pièce de monnaie et a commencé à composer le numéro. J'ai attrapé sa main.

– Avant que tu ne fasses quoi que ce soit, laisse-moi te dire exactement ce qui va se passer. Ton père et ta mère vont te paraître absolument normaux. Ils vont te dire de rentrer à la maison. Si tu refuses, ils vont te demander où tu es. Mais toi, demande-leur ce qui s'est passé aujourd'hui chez toi. Juste ça.

David a fini de composer le numéro.

– Allô ? Papa ? C'est moi. Oui, moi.

J'ai attendu pendant qu'il écoutait la réponse.

– Non, je vais bien. J'ai peur.

Il a écouté de nouveau.

Avec mes lèvres, j'ai silencieusement articulé les mots « Demande-lui ».

– Papa, que s'est-il passé ? Je veux dire, ces extraterrestres et tout ça.

David écoutait attentivement. Il a posé ses yeux sur moi. J'ai vu son visage se détendre.

– Tout ça n'était qu'une blague ? a-t-il répété en faisant écho à la voix de son père. Des collègues à toi qui t'ont fait une blague ?

J'ai froncé les sourcils. Je m'attendais à une explication bidon, mais celle-là était vraiment trop nulle.

– Papa, j'ai vu comme toi l'extraterrestre se transformer en autre chose. C'était bien réel.

Un silence.

– Je vais bien, je…

Clic ! J'ai interrompu la communication.

David s'est retourné vers moi, l'air furieux. La lumière des néons qui éclairaient le parking donnait à son visage une expression effrayante.

– Qu'est-ce que tu fais ? a-t-il grogné.

Je l'ai attrapé par la manche.

– Viens. C'est largement suffisant.

Il s'est dégagé de mon emprise.

– Lâche-moi Marco, tu n'as pas à me dire ce que je dois faire.

– Dans moins de deux minutes des voitures pleines de Yirks vont venir ici pour te chercher. Ils ont localisé ton appel.

– Mon père n'aurait jamais fait ça.

– Ah non ? Suis-moi. Nous allons vérifier. Nous allons voir ce qui va se passer.

Je lui ai fait traverser le boulevard. Il y avait un vieil immeuble de l'autre côté de la rue. Le genre de bâtiment avec des grands recoins sombres. Nous nous sommes dissimulés dans une zone d'ombre.

J'avais tort. Ils n'ont pas mis deux minutes pour venir. Deux Jeep aux vitres teintées sont arrivées en faisant rugir leur moteur une minute et demie plus tard. La longue et sinistre limousine les suivait de près. Des humains-Contrôleurs ont sauté des Jeep. Il n'y avait pas de Hork-Bajirs cette fois-ci. Pas pour une opération à découvert.

– Tu vois ?

– Ça ne prouve rien, a marmonné David.

Mais une autre voiture est alors arrivée en faisant crisser ses pneus. Le père et la mère de David en sont sortis. Ils ont rejoint les autres.

Son père a commencé à distribuer une photographie.

– Ton portrait, ai-je commenté.

– Ce sont des collègues de mon père. Des espions, comme lui.

– Qu'est-ce qu'il fait exactement ton père ?

– Il travaille pour l'Agence nationale de sécurité. Alors, tu vois, il pourrait très bien avoir demandé à ce qu'on localise mon appel, avant de venir accompagné de copains à lui. Ils sont à ma recherche, c'est tout.

Son père et deux hommes se sont faufilés à travers la circulation pour traverser la route. Les autres se sont déployés pour fouiller un peu partout sur le trottoir d'en face. Tous les trois marchaient droit vers nous. Nous entendions également le bruit de leurs pas. Nous entendions également la voix du père de David.

– Si nous ne retrouvons pas le gosse, Vysserk Trois va nous faire le peau, a-t-il dit.

J'ai regardé David. Je l'ai vu vaciller. J'ai eu peur qu'il s'évanouisse.

– Ils approchent, a-t-il remarqué d'une voix tremblante. Il va nous voir.

< Non, je ne pense pas >, ai-je répondu en parole mentale.

Je crois que David n'a pas réalisé que ce n'était pas ma voix qu'il entendait. Son père et les deux autres contrôleurs se sont approchés toujours plus près.

Et alors...

Pah lump, pah lump, pah lump, pah lump, pah lump !

Des bruits de course. Quelque chose d'énome approchait en courant.

J'ai sorti ma tête de l'ombre pour voir ce qui se passait. David a fait la même chose. Les trois Contrôleurs ont entendu ce lourd galop et se sont retournés.

Là, sur le trottoir, arrivait un rhinocéros.

Le père de David et l'un des hommes ont été assez intelligents pour se pousser. Ce qui n'a pas été le cas du troisième.

Whumpf ! La corne du rhinocéros a heurté la chaire humaine, et la chair humaine ne l'a pas bien supporté. Le Contrôleur s'est envolé dans les airs et a fait un tour complet sur lui-même avant de retomber lourdement sur la chaussée.

< Ce doit être Jake, ai-je remarqué calmement. Lui et les autres ont dû monter la garde autour de chez moi, à tour de rôle, au cas où il y aurait un problème. Et ils ont dû nous suivre. >

Le père de David s'est retourné, a dégainé son arme et visé le derrière de Jake. Non pas qu'un petit pistolet ait pu blesser sérieusement un derrière de rhinocéros, mais quand même…

Je me suis avancé, j'ai agrippé sa nuque avec mon immense main de gorille, et je l'ai lancé sans effort contre le mur qu'il a heurté de plein fouet avant de rebondir sur le trottoir en gémissant.

Le dernier Contrôleur m'a regardé longuement avec de grands yeux. Il a examiné mes bras gros comme des troncs d'arbre, ma tête massive et mes épaules aussi larges qu'un bulldozer.

– C'est un piège ! a-t-il hurlé avant de détaler sur le boulevard.

< Tu en as vu assez ? > ai-je demandé à David.

CHAPITRE 20

Après une nuit passée chez moi, David est ensuite allé s'installer chez Jake. Nous n'avions aucune idée de ce que nous allions faire de lui à long terme. Il ne pouvait pas rentrer chez lui. Il ne pouvait aller nulle part. Il était traqué. Et il ne fallait absolument pas qu'il se fasse capturer. Il en savait trop.

Le lendemain du jour où il a eu la preuve que son père était un Contrôleur, nous nous sommes rassemblés dans les bois. Le père de Cassie travaillait dans la grange. Le temps était toujours frais et les nuages menaçants, mais nous sommes quand même partis dans la forêt, emmitouflés dans nos blousons.

Nous portions une grosse cage en fer avec deux compartiments. Nous avions passé des barres de fer à travers les barreaux sur toute la longueur, une de chaque côté. Cassie, Jake, Rachel et moi tenions cha-

cun une extrémité. David marchait à nos côtés, l'air absent. Tobias et Ax étaient dans les bois.

Dans les différents compartiments de la cage se trouvaient deux oiseaux de proie : un petit faucon et un aigle. Le faucon faisait à peu près le quart de la taille de l'aigle qui, lui, était un gros rapace. Et lourd. Mon bras commençait à fatiguer.

Les deux animaux avaient été soignés par Cassie et son père. Et ils devaient être relâchés.

Tobias, surgi des nuages, est descendu du ciel en piqué et s'est posé avec une étonnante précision sur une petite bûche.

< Qu'est-ce que vous faites avec ça ? > a-t-il demandé en regardant fixement l'aigle.

– Du calme, du calme Tobias, l'a rassuré Cassie en posant la cage.

< Vous ne devez pas le libérer près de mon territoire >, a-t-il déclaré fermement.

– Tobias, ces oiseaux ont été hébergés au Centre pendant quelques jours. Ils ont un territoire bien à eux, là-bas dans les montagnes. Tu sais, ces aigles-là n'aiment pas trop se percher dans les arbres. Ils préfèrent les belles pentes abruptes. Il ne viendra pas traîner dans le coin. Mais nous ne pouvons pas l'emmener plus près de son territoire, parce que le terrain devient rapidement impraticable.

Tobias l'a fixée d'un œil méchant. Mais, en fait, Tobias a toujours l'air méchant. Sa tête de faucon n'exprime jamais la gentillesse ou la décontraction.

Il a posé son regard sur David, puis sur Jake. La question était implicite.

– David est ici pour acquérir sa première animorphe, le faucon, a-t-il expliqué.

– Lequel est le faucon ? a voulu savoir David.

– Le plus petit, a répondu Cassie. Ils sont très rapides, très agiles, a-t-elle ajouté pour l'informer un peu plus.

– Plus rapides que le gros ? s'est étonné David.

< Cette espèce d'aigle ne vaut rien, est intervenu Tobias. Ce sont des voyous. Ils chassent les autres oiseaux. Sans parler de tout ce qui est lapin et autres jeunes daims. Et je ne plaisante pas en vous parlant de jeunes daims. J'ai vu un aigle comme ça abattre un de ces animaux. Il a enfoncé ses serres à la base de sa nuque et le petit s'est écroulé comme s'il avait été touché par une balle. >

– Je veux devenir cet aigle, a dit David.

Il y a eu un instant de silence.

– Tu as une raison particulière ? a voulu savoir Jake.

– Oui. Vous m'avez dit que je n'avais plus de maison. Plus de famille. Je me retrouve maintenant au milieu d'une guerre contre je ne sais quels extraterrestres. Et si je suis en guerre, je veux flanquer des raclées.

Jake a acquiescé de la tête.

– Tout n'est pas une question de pouvoir à l'état brut. Cet aigle est aussi gros que celui que possède Rachel, et nous avons quelquefois des problèmes avec cette animorphe à cause de sa taille.

– Cet oiseau fait plus de trois mètres d'envergure, a ajouté Cassie.

David a hoché la tête et a regardé par terre les feuilles et la végétation qui couvraient le sol de la forêt.

– Est-ce que Jake vous dit chaque fois en quel animal morphoser ? Ou est-ce que vous les choisissez parfois tout seuls ?

– Je ne te dis pas en quel animal morphoser, a répondu Jake d'une voix calme.

Mais c'était le genre de voix calme qu'il a quand il n'est pas loin de se mettre en colère.

– Bien, alors je choisis l'aigle, a insisté David.

– Ben voyons, ai-je fait. Et qu'est-ce tu penserais de

ne pas te conduire comme un imbécile ? Nous t'avons sauvé des Yirks. Et nous nous occupons de toi depuis un bon moment, pas vrai ? Nous savons de quoi nous parlons. Jake est le chef de notre petit groupe, alors tu pourrais lui montrer un peu plus de respect.

– Pour qui te prends-tu, pour mon père ? a répondu David sur un ton insolent. Tu n'as pas à me dire ce que j'ai à faire. Personne ne me dira ce que j'ai à faire. Vous m'avez sauvé la vie, oui ! La bonne blague. Vous vouliez récupérer le cube bleu, vous l'avez maintenant. Et moi, qu'est-ce que j'ai ? Rien. Voilà ce qui me reste, rien. Alors merci.

Je ne savais pas ce que je devais attendre de David. Je ne pouvais pas être hypocrite. La première fois, je n'étais pas enchanté, moi non plus, à l'idée de devenir un Animorph. Je me fichais bien de sauver le monde. Tout ce que je voulais, c'était que mon père ne souffre plus. Et je crois que je n'ai vraiment accepté cette situation que lorsque j'ai découvert que ma mère était un Contrôleur. C'est alors que j'ai compris tout ce que cela impliquait.

– Écoute, mon grand..., a commencé Rachel.

Mais Jake a fait un signe de la tête et elle s'est arrêtée de parler en ravalant sa colère.

– Vous autres, vous pensez être si malins et si expérimentés, a repris David. Vous avez participé à de nombreuses batailles. Mais maintenant me voilà, le nouveau, ce qui ne change pas pour moi, et vous ne m'aimez pas.

– Personne n'a dit qu'il ne t'aimait pas, a rectifié Cassie.

David a tourné la tête et m'a regardé.

– Lui, si. Je ne suis pas un imbécile vous savez. Je suis capable de deviner ce que les gens pensent de moi. Moi et mes parents, nous déménageons sans cesse, dès que mon père a une nouvelle affectation. Je suis toujours le nouveau à l'école. Alors je suis devenu bon pour deviner ce que les gens pensent de moi. Et aujourd'hui, je me retrouve dans une classe un peu spéciale. Mais je suis encore le nouveau.

Il a haussé les épaules.

– Alors écoutez, peut-être que vous m'aimez, peut-être que vous ne m'aimez pas. Je m'en fiche. Je suis ici. Si vous utilisez le cube bleu avec moi, je deviendrai l'un des vôtres. Mais je ne vais pas me laisser faire. Je ne vais pas être là à dire : « Oh, merci, puissants et merveilleux Animorphs, pour m'avoir laissé devenir l'un des vôtres. » Si je vous rejoins, je serai un membre à part entière. Sinon… eh bien, je partirai et j'essaierai de voir ce que je peux faire. Par moi-même.

La chose la plus drôle, c'est que, quelque part, j'ai bien aimé le petit discours de David. J'aime bien les gens qui réagissent quand on les agresse. J'ai bien aimé ses paroles. J'ai apprécié son attitude. Mais je n'aimais toujours pas la personne.

Rachel a alors éclaté de rire.

– Génial, il va parfaitement s'intégrer.

Jake a regardé Tobias.

– Où est Ax ?

< Vous ne l'entendez pas ? Vous êtes vraiment sourds, vous autres les humains. Il galope, il devrait apparaître d'un moment à l'autre… Ici. >

Ax est arrivé en bondissant.

< Je suis désolé d'être en retard, s'est-il excusé. J'ai dû faire un détour pour éviter des campeurs. Est-ce que vous êtes venus avec le procédé Escafil ? >

Jake a hésité une seconde avant de dire :

– Oui.

Rachel avait mis le cube dans un petit sac. Elle l'a ouvert, a sorti l'objet et l'a envoyé à Ax qui n'a pas réussi à le rattraper. Les mains des Andalites sont faibles et peu rapides. Mais avant que le cube ne tombe sur le sol, il a lancé sa queue en avant, et a incliné sa lame, pour qu'il vienne se poser dessus. Il l'a ensuite porté jusqu'à ses mains.

< Pose ta paume sur le côté le plus proche de toi >, a dit Ax.

– Attends ! N'y a-t-il pas une sorte de cérémonie ou quelque chose de ce genre ? a demandé Cassie.

– Quel genre de cérémonie ? me suis-je étonné. Tu veux qu'on se prenne tous par la main et qu'on chante l'hymne national ?

– Non, je ne connais pas toutes les paroles, a répondu Cassie.

Avec un petit sourire malin, elle a ajouté :

– Nous pourrions chanter « mmmm-bop ».

Nous avons tous ri. Même David.

Ax tenait le cube dans une main. David s'est approché, visiblement encore un peu impressionné par Ax. Il a appuyé sa paume contre un des côtés.

– Il vibre, a-t-il remarqué.

Soudain, j'étais de retour dans ce sombre chantier de construction. J'étais là avec Jake, Rachel et Cassie, avec Tobias toujours humain et Elfangor sur le point de mourir.

J'ai à peine reconnu la personne que j'étais alors.

J'ai beaucoup changé. Tout a changé au cours de cette nuit-là.

Maintenant David, un garçon qui n'était pas tellement différent de nous, était entraîné dans ce cauchemar bien réel. Il allait acquérir un pouvoir immense et connaître des peurs plus immenses encore.

Je ne l'aimais peut-être pas, mais je me sentais désolé pour lui.

Je me suis approché et je lui ai tendu la main. Il l'a serrée dans la sienne.

– Bienvenue parmi les Animorphs, le nouveau.

Nous lui avons tous donné une poignée de main. Ensuite, Cassie est allée ouvrir la cage du grand aigle.

– Touche-le délicatement, a-t-elle expliqué.

La main tremblante de David s'est approchée du rapace.

– Maintenant, appuie ta paume contre l'épaule de l'animal.

Il a obéi. L'aigle lui a jeté un drôle de regard, puis l'a très vite ignoré.

– Concentre ton esprit. Essaie de t'imaginer l'aigle. Pense à lui, à ce qu'il est, à ce qu'il représente.

Les paupières de David, qui étaient fermées, se sont mises à frémir.

– Maintenant, retire ta main, a dit doucement Cassie. Tu possèdes désormais cet aigle en toi. Son ADN est dans ton sang. Tu peux devenir cet animal.

David a grimacé.

– Quand est-ce que je pourrai essayer ?

– Bientôt, a répondu Jake. Nous devons également te trouver une animorphe avec des dents. Cassie ? Emmène David au zoo. Avec ta carte d'accès, vous pourrez entrer et sortir sans vous faire repérer, nous autres nous resterons en couverture dans le ciel. Laisse-le choisir l'animorphe qu'il voudra. Et donne-lui aussi un ou deux insectes au cas où il nous faudrait quelque chose de petit. Nous devons nous tenir prêts.

Il s'est tourné vers David.

– Nous avons un petit... problème. Une mission à effectuer.

– Rien de grave, rassure-toi, ai-je ajouté. Juste la routine : sauver le monde des envahisseurs extraterrestres. Tu vas vite t'habituer...

CHAPITRE 21

Deux épreuves attendaient David. D'abord, sa première morphose. Ensuite, sa première bataille.

Nous étions tous habitués à morphoser. Ou presque. Mais quand on ne l'a jamais fait, c'est plutôt impressionnant. Vous pensez avoir tout vu ? Eh bien vous n'avez rien vu tant que vous n'avez pas assisté à la transformation de votre corps en quelque chose de radicalement différent.

L'idéal aurait été d'avoir du temps pour préparer David. Mais nous n'en avions pas. Erek nous avait informés que les chefs d'État et de gouvernement arrivaient dans quatre jours. Le temps était compté. Ils allaient venir, et il faudrait que nous réussissions à savoir lequel était un Contrôleur. Nous devions protéger les autres et, si possible, trouver un moyen de les alerter de l'invasion yirk.

– J'ai la brochure de présentation, a annoncé Rachel alors que nous nous étions rassemblés une fois encore dans la grange de Cassie. Je l'ai téléchargée sur Internet.

Elle nous a tendu des sorties papier en couleur présentant le domaine Marriott. Il y avait des photos des chambres. On y voyait également des gens en peignoir de bain qui souriaient, l'air insouciant, un gros plan sur un buffet qui devait bien mesurer vingt-cinq mètres de long avec toutes sortes de plats, et une carte du domaine. Elle représentait un énorme bâtiment central de vingt étages et, au bord de la plage, un ensemble de petites villas. Dix en tout.

– Ils seront installés dans ces villas, ai-je dit. Je parle des dirigeants. Ils vont regrouper tous les autres clients dans le bâtiment principal.

– Ça me paraît logique, a approuvé Jake.

– Il y aura tellement de forces de sécurité que personne ne va pouvoir roter sans aussitôt avoir neuf types en lunettes de soleil sur le dos, pistolet en main et prêts à tirer.

J'ai compté sur mes doigts.

– Les forces de sécurité française, allemande, japonaise…

– Des Ninjas ? a demandé David.

– Oui, Jackie Chan en personne, ai-je fait en ouvrant de grands yeux.

– Il est chinois, pas japonais, a rétorqué David en ouvrant à son tour de grands yeux.

– Les services secrets britanniques, ai-je repris.

Avant d'ajouter immédiatement :

– Et que personne ne me dise : « Bond, James Bond », merci ! La sécurité russe et américaine, plus le FBI et les policiers locaux.

Jake a soupiré.

– Et pour rendre les choses vraiment intéressantes, ai-je continué, il y aura les Yirks. Combien de serveuses et de serveurs sont des Contrôleurs ? Je ne sais pas. Combien de membres des services de sécurité russe, allemand, britannique, français, japonais et américain sont également des Contrôleurs ? Je ne sais pas. Tout ce que nous savons, c'est qu'un des présidents ou des Premiers ministres est un Contrôleur.

– Au moins un, est intervenue Cassie. Je m'excuse de t'interrompre, mais c'est important. Erek nous a informés que l'un d'eux était un Contrôleur, mais cela ne signifie pas qu'il n'y en ait pas d'autres. Nous ne pouvons pas en être sûrs.

Je suis resté bouche bée. Je n'avais pas pensé à ça. J'aurais dû pourtant.

– Pourrais-je dire quelque chose ? a demandé David.

– Bien sûr, a fait Rachel d'un air sombre. Du moment que ce n'est pas une mauvaise nouvelle de plus.

– En quelque sorte si. Mon père appartient à l'Agence nationale de sécurité. Ils sont spécialisés dans la surveillance électronique. Vous savez, ils posent des écoutes ou ils surveillent les gens avec des satellites d'observation. Et je crois que les Yirks pourraient très bien faire ça, et plus encore. Le domaine entier est probablement sous leur surveillance.

– Il me semblait pourtant avoir dit : « Plus de mauvaises nouvelles », a grogné Rachel. C'est pas vrai…

Rien ne m'effraie plus que de voir Rachel découragée. Si même elle est inquiète, toute personne raisonnable et saine d'esprit est autorisée à quitter la pièce en courant et en hurlant.

– Nous n'avons pas le choix, a estimé Jake. Vous ne croyez pas ?

< Si les Yirks infestent tous ces chefs d'État, ce n'est plus la peine de continuer, a remarqué Tobias.

Six puissants dirigeants qui seraient tous des Contrôleurs ? Ce que je veux dire, c'est que ces six personnes-là sont légèrement plus puissantes que nous sept. >

– Toutes ces mesures de sécurité, a réfléchi Jake, ce sont autant d'occasions de se faire tuer.

– Exact, a approuvé Rachel. Alors, on y va ?

– Tu es prêt ? a demandé Jake à David.

David a approuvé d'un mouvement de tête.

– Bien, a repris Jake. Nous allons faire une petite balade agréable le long de la côte. Nous allons juste effectuer une mission de reconnaissance. Tu vas avoir besoin de ton animorphe d'aigle, mais pas de l'autre que tu as acquise au zoo.

– Encore une chose, l'animorphe peut être carrément effrayante, a prévenu Cassie. Alors, prépare-toi. Tout ce que tu as à faire, c'est de penser intensément à l'aigle.

J'ai vu son front se plisser alors qu'il faisait des efforts de concentration.

– Attends-toi à un truc étrange, a insisté Rachel.

La peau de David changeait déjà de couleur. Elle prenait une teinte brunâtre. Il a regardé ses mains avec des yeux écarquillés.

– Ça ne fait pas mal, l'ai-je rassuré.

Des lignes sont apparues sur la chair brune. Des lignes qui traçaient le contour des plumes. Dans le même temps, David a commencé à rétrécir.

– Que se passe-t-il ? a-t-il crié.

– Tu deviens plus petit, a expliqué gentiment Cassie. Ça fait partie du processus. Les lignes que tu vois sur ton corps vont prendre du volume et vont t'apparaître en trois dimensions. Ça risque même de te démanger un peu.

– Aaaaaahhh ! a-t-il hurlé quand les vraies plumes sont apparues.

– J'espère seulement que les os de ses doigts ne vont pas faire comme avec moi la dernière fois, ai-je murmuré à Jake. Ça lui ferait un choc.

J'aurais peut-être dû me taire. Car à ce moment précis, les bras de David se sont soudain mis à grandir. Les os de ses doigts et de ses bras ont jailli, pâles et fins comme des spaghettis pas cuits.

– Aaaaahhh ! a crié David.

– Beuurrrkkk ! C'est vraiment répugnant, a commenté Rachel pour arranger les choses.

– Ne fais pas attention, lui a conseillé Cassie.

Continue. Regarde ! Tu vois ? De la chair et des plumes recouvrent maintenant les os.

Effectivement, ce fut l'affaire de quelques secondes. Mais David était secoué.

– Du calme, ai-je fait. Attends un peu de morphoser en mouche. Tu veux de l'horreur ? Tu vas en avoir. Ça, ce n'est rien.

J'ai agité ma main d'un air dédaigneux.

– Je ne veux pas..., a commencé à dire David avant que sa bouche n'enfle tout à coup.

Ses lèvres se sont étirées pour former une espèce de bec rose en chair, qui s'est ensuite solidifié pour devenir dur comme du ciment.

David était petit désormais. Plus petit que moi. Il faisait la moitié de ma taille. Mais avec d'énormes et longues ailes brunes. Ses habits maintenant trop grands étaient tombés à ses pieds. Ce qui était probablement une bonne chose. S'il avait pu voir dans quel état étaient ses pieds, cela ne lui aurait pas remonté le moral.

Et tout à coup, j'ai pensé à une chose.

– Humm, dites-moi ? David n'est pas au courant qu'on ne peut pas morphoser avec n'importe quels vêtements. Il n'a pas de tenue d'animorphe.

– Rachel et moi on regardera ailleurs quand il s'en apercevra, a proposé Cassie.

– Nous pourrons lui trouver quelque chose de bien, a ajouté pensivement Rachel.

Je savais que, dans sa tête, elle passait en revue tous les magasins de fringues du centre commercial.

David était presque entièrement devenu un aigle.

– Bien, désormais tu ne peux plus parler, lui a expliqué Cassie. Mais tu peux utiliser la parole mentale. Pense à la personne à laquelle tu veux t'adresser, si c'est moi, Marco ou nous tous en même temps. Prononce les mots dans ta tête et nous les entendrons.

< Vous m'entendez, là ? >

– Oui, a confirmé Cassie. Tu vois ? C'est facile. Mais voici le moment le plus délicat, parce que l'esprit de l'aigle va émerger en toi et...

La tête de l'aigle, qui paraissait dorée dans la pâle lueur de ce jour sans soleil, a pivoté sur la gauche. Son regard perçant s'est posé sur Tobias.

Le rapace a agité ses ailes et s'est précipité sur lui, les serres et le bec en avant, sans que personne n'ait le temps de réagir.

CHAPITRE 22

David était rapide. Mais Cassie avait prévu le coup. Elle l'a rattrapé, agrippé d'une main experte, et l'a maintenu au sol.

< Vous voyez ! Vous voyez ce que je vous disais ? s'est exclamé Tobias en se réfugiant dans la charpente de la grange. Ces aigles-là, ce sont des dingues. Eux et les corneilles. Et les geais. Et quelques autres dont je pourrais vous parler. Il y a tant de souris et de lapins un peu partout, ce n'est vraiment pas la peine d'attaquer les autres oiseaux. >

– David, David ! s'est écriée Cassie. Reprends tes esprits. Concentre toi. Ton nom est David. Tu es humain. Reprends-toi en main.

L'aigle continuait à agiter ses ailes et à se débattre, mais même un gros rapace n'est pas capable de s'envoler quand une fille est pratiquement assise sur son

dos. En plus, il était empêtré dans ses vêtements. Lentement, il s'est calmé. Puis il s'est remis à parler.

< C'était étrange. J'étais là et, soudain, j'ai eu comme l'impression que quelqu'un d'autre était dans ma tête. >

< Tu vas t'y habituer, l'a rassuré Ax. Quand je morphose en humain, je suis souvent surpris par l'esprit et les instincts des hommes. Comme le besoin de nourriture, par exemple. >

– Oui, il vaut mieux ne pas se retrouver entre Ax et un beignet à la cannelle, ai-je ajouté.

– Tu veux essayer de voler ? lui a demandé Jake.

< Voler ? >

– Bah oui, à ton avis, à quoi servent ces ailes ? ai-je dit.

< Et comment je vais faire ? >

– Bien, d'abord tu vas attendre qu'on ait tous morphosé. Ensuite, fais confiance à l'aigle. Il sait comment voler, lui, a expliqué Cassie.

Quelques minutes plus tard, nous étions prêts à décoller. Nous avions caché les habits de David derrière la grange.

C'était bizarre et un peu émouvant de voir quelqu'un morphoser pour la première fois. Je ne sais pas comment l'expliquer. Comme quand une personne prête serment. Vous savez, il jure quelque chose, et la minute d'après il est officiellement président, docteur ou je ne sais quoi. Pour obtenir la nationalité américaine, il faut également jurer solennellement avant de devenir citoyen.

Je suis toujours ému quand je vois ça. Vous savez, ma mère n'est pas née aux États-Unis.

Enfin, peu importe, c'est comme ça que je l'ai ressenti quand j'ai regardé David essayer ses nouvelles ailes. Il était le nouvel Animorph. C'était officiel. Il était un des nôtres.

Et nous ne savions rien de lui, à part que son serpent s'appelait Joker et son chat Mad Max.

Il s'est envolé. Ce n'était pas un jour idéal pour voler, mais nous n'avions pas le choix. Nous devions effectuer une mission de reconnaissance au domaine Marriott avant que tout ce beau monde n'arrive. Tandis que nous volions, j'essayais de me mettre à la place d'un responsable de la sécurité. Il y aurait certainement des barrages pour surveiller tous les accès routiers. Il y aurait des tireurs d'élite sur les toits. Des équipes d'intervention rapide avec des armes légères. Des hommes armés de lance-missiles antiaériens.

C'est incroyable ce que vous pouvez apprendre en regardant des navets à la télé.

Des bateaux patrouilleraient le long du rivage. Probablement des hors-bords hyperrapides avec, en renfort, des vedettes garde-côtes.

Ils ajouteraient certainement...

< C'est vraiment excellent ! a hurlé David, au moins pour la dixième fois, interrompant de nouveau le cours de mes pensées. Je suis capable de voir absolument tout ! Je vois les petits crabes qui courent sur la plage ! C'est vraiment excellent ! Whaou ! >

Ils iraient même jusqu'à sceller chaque bouche d'égout. Ils installeraient des serrures automatiques sur la plupart des portes. Et ils...

< Regardez ! Regardez ! Regardez-moi ça ! > s'est remis à hurler David qui avait capté un courant d'air chaud ascendant, avait déployé ses ailes en grand et montait en flèche dans le ciel.

< Oui, oui, oui, c'est cool, ai-je soupiré. Mais j'essaie de réfléchir. >

David a ignoré mes paroles et m'a dépassé à toute allure. Il était énorme, deux fois ma taille, un vrai Boeing 747, comparé à moi qui n'étais qu'un modeste Boeing 727. Un rayon de soleil a réussi à percer les nuages pour venir se poser sur les plumes dorées de sa tête et de son cou.

< Yaaaahaaaa ! > s'écriait-il, fou de joie.

Bon, d'accord, c'était un peu pénible, mais je ne pouvais pas lui en vouloir. Voler est la chose la plus incroyable au monde. Sans aucun doute. Avoir des ailes et faire le fou dans le ciel, c'est tout simplement géant.

Mais il fallait que je réfléchisse. Il fallait que nous sachions où chercher, et quoi chercher, une fois arrivés au domaine. Nous devions réfléchir au moyen de nous déplacer à l'intérieur de ce complexe, au moyen d'approcher les différents dirigeants et de les espionner. Et de les protéger.

Il y avait d'autres oiseaux dans le ciel, évidemment. Nous volions séparément sinon, comme le disait Tobias, nous aurions été un véritable « fantasme d'ornithologue ».

Nous étions déployés sur plus de un kilomètre, parfois nous rapprochant, parfois nous éloignant les uns des autres, au gré des brises et des trous d'air qui nous faisaient soudainement perdre plusieurs mètres d'altitude. En dessous de nous, il y avait des corneilles et des mouettes, à la recherche de nourriture ou flânant juste dans les airs.

Je ne connaissais pas ces oiseaux, mais je suis sûr qu'ils nous avaient repérés. Ils savaient reconnaître la silhouette des oiseaux de proie. Ils savaient qu'il ne fallait pas trop s'en approcher.

< Yeeeeeeaaaahh ! a crié David. Je vais me le faire ! >

J'ai mis quelques secondes à réaliser que son ton était différent. Il y avait plus d'excitation dans sa voix. Plus de sauvagerie.

David a piqué vers le sol, à la vitesse d'un missile. Il fonçait droit sur une corneille qui ne se doutait absolument de rien.

J'assistais à la scène, impuissant. J'étais un balbuzard. Je ne pouvais rien faire pour l'arrêter. Les aigles de cette espèce sont incroyablement rapides. Seul Jake, avec son animorphe de faucon pèlerin, aurait pu l'intercepter, mais il était trop loin.

Avec mes yeux perçants de rapace, j'ai vu le gros aigle mettre ses serres en avant. Je n'ai entendu aucun bruit quand David a heurté la corneille. Ils étaient beaucoup plus bas que moi, et je n'ai perçu aucun son. Mais l'oiseau qui volait tranquillement quelques minutes auparavant est tombé comme une masse.

David a déployé ses ailes pour stopper sa chute. Il s'est stabilisé, puis il est remonté en chandelle vers les nuages. La corneille sans vie continuait à dégringoler dans les airs comme une poupée démantibulée.

< Qu'est-ce que tu as fait ? > a grogné Jake.

< Euh, euh... Je crois que le cerveau de cet aigle a pris le dessus sur moi pendant quelques minutes, a avoué David. Je ne peux pas croire que j'ai fait ça ! Le pauvre oiseau ! J'ai juste perdu le contrôle ! >

C'était possible. Parfois, il est difficile de contrôler l'animal dans lequel vous avez morphosé. Ça pouvait effectivement être vrai. Les autres croyaient sûrement à cette histoire. Cassie était en train de le réconforter.

Mais j'ai une sorte de talent pour détecter les mensonges. Probablement parce que j'arrive très bien à mentir quand il le faut.

Je sais les reconnaître quand j'en entends un. David avait tué cette corneille. Délibérément. De sang-froid. Sans aucune raison.

< Hé regardez ! s'est exclamé Tobias. Un hélicoptère arrive au-dessus de nous. Un hélicoptère de la marine nationale. C'est... whoua ! Ce doit être *Marine One* ! >

< *Marine One* ? > a répété Rachel sans comprendre.

< Oui. Tu connais *Air Force One*, l'avion du prési-

dent des États-Unis ? *Marine One* est l'hélicoptère du président >, lui a expliqué Tobias.

< Tu en connais des choses >, s'est émerveillée Rachel.

J'ai fixé mes yeux de balbuzard sur l'appareil. Je m'occuperais de David plus tard. L'hélicoptère arrivait de l'aéroport et se dirigeait vers le domaine. Un autre, identique au premier, le suivait à un bon kilomètre de distance. Un leurre. A moins que ce ne soit le premier qui fasse office de leurre.

J'ai alors remarqué quelque chose. Comme une zone floue, derrière l'appareil, mais plus haut dans le ciel. Comme une perturbation dans l'air. Comme lorsque la chaleur remonte du sol et fait trembler l'atmosphère.

Tobias l'avait remarquée aussi.

< Oh, non ! Ça me rappelle quelque chose ! >

< Quel est le problème ? > s'est étonné David.

< Technologie de camouflage yirk, a déclaré calmement Ax. La vision humaine ne remarquerait jamais ça. Ni les radars humains d'ailleurs. Mais ces yeux sont excellents. Et la technologie yirk n'est pas, disons, aussi performante que la technologie andalite. >

< Alors, de quoi s'agit-il ? > s'est impatienté David.

< D'un vaisseau spatial yirk. Dissimulé derrière un écran de camouflage, ai-je dit. Il est juste derrière l'hélicoptère du président. Ils ne vont pas attendre l'ouverture de la conférence. Ils sont déjà après lui ! >

CHAPITRE 23

< On bouge ! Et vite ! > a ordonné Jake.

Nous avons bougé. Nous avons agité nos ailes comme des canards hystériques, fonçant pour atteindre l'hélicoptère avant les Yirks. Il venait dans notre direction, mais il était assez loin de nous.

A la vitesse où il filait, il arriverait vraisemblablement au domaine Marriott dans vingt minutes. Pour nous, le domaine était encore à une heure de vol.

D'après les dimensions des perturbations, il ne pouvait pas s'agir d'un petit vaisseau Cafard. C'était un engin beaucoup plus gros. Et il n'y avait qu'un type de vaisseau yirk ayant cette taille.

Le vaisseau Amiral. La machine de guerre personnelle de Vysserk Trois. La perturbation se rapprochait de l'hélicoptère. Nous aussi, mais nous étions dispersés et épuisés. Rachel et Tobias étaient derrière, Jake et David au-dessus, Ax, Cassie et moi, plus ou moins au milieu de ce petit groupe.

Un long rectangle étroit est apparu. Il est apparu dans le ciel et semblait flotter dans les airs. Puis il s'est élargi doucement.

< Le vaisseau Amiral est en train d'ouvrir son sas principal >, nous a prévenus Ax.

Lui aussi avait deviné qu'il s'agissait du vaisseau Amiral.

Le sas s'élargissait à mesure qu'il s'ouvrait, et l'on voyait désormais l'intérieur de l'engin extraterrestre. C'était vraiment étrange. Le rideau de camouflage ne dissimulait pas le sas. On distinguait donc ce qui se passait dedans. J'apercevais une sorte de nacelle retournée, prête à recevoir l'hélicoptère. Je voyais également les répugnantes têtes des Taxxons installés derrière les consoles et les écrans d'ordinateur. Il y avait aussi des Hork-Bajirs, habillés des uniformes rouges qu'ils portent toujours à bord de ce vaisseau.

Mais rien de tout ça ne pouvait être vu de l'hélicoptère. Le sas se trouvait dans un angle mort. Et il n'entrait pas non plus dans le champ de vision des occupants du second appareil.

J'ai foncé. Le sas continuait à s'ouvrir. J'étais

épuisé à force de battre des ailes contre le vent, mais je me rapprochais. Soudain, les moteurs de l'hélicoptère ont ralenti. Puis ils sont devenus silencieux.

< Ils l'ont attrapé ! a hurlé Ax. Il est prisonnier du champ de force. Ils ont bloqué les moteurs. Les humains qui se trouvent à l'intérieur ont probablement perdu connaissance. >

L'hélicoptère était presque à la verticale au-dessus de nous maintenant. De dessous, il ressemblait à une sorte de bateau verdâtre comme vu par un plongeur sous-marin. Il y avait deux barres qui dépassaient de chaque côté du train d'atterrissage.

< Posez-vous sur ces barres ! > a crié Jake.

David et lui continuaient à prendre de l'altitude. Le reste du groupe les suivait.

< L'autre appareil va se rendre compte que celui-ci a disparu, a remarqué Tobias. Les humains ne sont pas totalement aveugles ! >

Juste à ce moment, comme pour répondre à sa question, il s'est produit quelque chose de nouveau. Un halo de lumière a soudain entouré l'hélicoptère. Et il s'est ensuite séparé de lui.

Un second hélicoptère ! Qui semblait aussi réel que le vrai, comme s'il s'était dédoublé.

< Un hologramme ! > s'est exclamé Ax en grimaçant.

Les moteurs du véritable appareil ne fonctionnaient plus, et le sas était maintenant grand ouvert. Il a été soulevé. Il a été porté à l'intérieur du vaisseau Amiral. Et l'hologramme a pris sa place, continuant à voler, exactement comme l'aurait fait le vrai.

Jake et David prenaient toujours plus d'altitude. Jake a basculé dans les airs, a mis ses serres en avant et s'est accroché à une barre. David s'est agrippé tant bien que mal à un bout de métal qui dépassait.

Le sas commençait à se refermer !

< Pas question ! > me suis-je exclamé.

J'ai battu des ailes si fort que j'ai cru que mes poumons allaient exploser. Le sas se refermait... Je fonçais... Le sas se refermait...

J'ai vu Cassie se faufiler à l'intérieur, suivie d'Ax.

Pas de temps à perdre ! Le sas se refermait trop rapidement. L'ouverture ne faisait plus que un mètre de large... quatre-vingt-dix centimètres... trente centimètres...

Zooom !

Je me suis engouffré, éraflant au passage mon abdomen et mon dos. Une seconde plus tard, j'aurais été écrasé. Mais j'étais à l'intérieur ! J'ai ralenti avant d'effectuer un demi-tour au ras de l'hélicoptère et de me poser sur le pont qui venait de se refermer.

< Yeaaah ! >

J'avais réussi ! J'étais à bord du vaisseau Amiral de Vysserk Trois.

Oh, non !

Est-ce que ce n'était pas complètement dingue ?

CHAPITRE 24

Je me trouvais sous l'hélicoptère. Il y avait également Jake, Ax, Cassie et David. Rachel et Tobias n'avaient pas eu le temps d'entrer.

Ils ne devaient pas se sentir très bien.

L'appareil s'est posé lentement sur le sol, et tant qu'il serait parqué dans cette zone obscure du pont, nous ne pouvions pas être repérés.

J'ai regardé Jake.

< Démorphosez, nous a-t-il dit gravement. Les choses vont se gâter. Il faut que nous soyons prêts à nous battre. >

Nous avons démorphosé. En quelques minutes, nous étions devenus quatre adolescents effrayés et un Andalite tremblotant, accroupis sous l'hélicoptère du président. J'ai jeté un coup d'œil à David pour voir s'il tenait le coup. Il ressemblait à quelqu'un s'apprêtant à aller chez un dentiste qui refuserait de pratiquer l'anesthésie. Il avait plutôt les chocottes.

« Bien, ai-je pensé, seul un idiot ne serait pas effrayé. »

En promenant mon regard tout autour de nous, j'ai vu des pattes de Hork-Bajirs courir vers l'hélicoptère. Ils se sont emparés d'un homme inconscient et l'ont sorti de l'appareil. J'ai distingué un pantalon gris et des chaussures noires. J'ai vu la semelle d'une des chaussures. Il y avait une entaille sur le talon. Comme si la personne avait marché sur quelque chose de coupant.

Le président ? Si c'était le cas, nous n'avions pas de temps à perdre.

– Ax, a chuchoté Jake, nous avons besoin d'une diversion.

Il devait penser la même chose que moi. Il fallait que nous morphosions, mais il fallait aussi que quelqu'un agisse sans attendre.

Je crois que si j'avais été Ax, je l'aurais mal pris. C'était un peu comme si on lui disait : « Ax, mon ami, peux-tu aller te faire tuer pour nous laisser le temps de morphoser ? »

Mais Ax est un soldat qui place le devoir au-dessus de tout. Suffisant et méprisant certaines fois, un peu fou et cinglé d'autres fois, il n'en reste pas moins un aristh andalite, un élève guerrier. Et il est le frère d'Elfangor, ce qui situe un peu le personnage.

< Oui, prince Jake, je crois que c'est une excellente idée. >

Malheureusement, ce n'était pas vraiment une excellente idée. Nous n'avions pas de place. Ax était, comme nous, coincé sous le ventre de l'appareil. Et il était évident que nous ne pourrions pas prendre nos animorphes de combat dans un espace si réduit.

Ce ne serait donc pas une bataille éclair. Il était déjà trop tard pour sauver l'homme à la chaussure tailladée.

– David, ai-je murmuré.

Son visage était à quelques centimètres de moi, et il se tortillait pour laisser passer Ax.

– Est-ce que Cassie t'a fait acquérir une animorphe d'insecte ?

Il semblait perplexe.

– Elle m'a fait toucher... je veux dire acquérir... un cafard.

– Jake ! ai-je fait. Il possède une animorphe de cafard. Qu'est-ce que tu en penses ?

Il a approuvé de la tête. Il n'était pas ravi, bien sûr.

Mais c'était la seule solution. Nous devions morphoser en quelque chose d'assez petit pour quitter le dessous de l'appareil sans être repérés. Et après, nous aurions tout le temps de nous inquiéter pour la suite.

– Ok mec, ai-je fait à David. Nous allons morphoser en cafards. Concentre-toi bien fort, ferme les yeux et ne pense pas à ce qui est en train de t'arriver.

Jusqu'ici, rien ne marchait. Premièrement, Rachel et Tobias n'étaient pas avec nous. En plus, nous étions coincés sous un hélicoptère. Et, pour finir, quelle que soit l'identité du type à la chaussure tailladée, nous n'allions pas pouvoir agir assez vite pour le sauver.

Les Yirks ne semblaient pas vraiment se presser, mais ils avaient de toute manière largement le temps de l'infester.

Je supposais que l'homme en costume gris était le président des États-Unis. Et pour rien au monde, je ne souhaitais qu'il devienne esclave des envahisseurs extraterrestres.

Si cela devait se produire, la seule solution qui nous restait serait de le kidnapper et de l'enfermer pendant trois jours, en attendant que le Yirk logé dans sa tête meure par manque de rayons du Kandrona.

Kidnapper le président. Dans un vaisseau extraterrestre. Et le garder caché pendant trois jours. Pas de problème. Qui partirait à sa recherche ? Seulement le monde entier !

« Du calme Marco, me suis-je dit. Une chose à la fois. »

Je me suis concentré sur le cafard dont l'ADN était en moi. Et j'ai commencé à me transformer.

J'ai regardé David qui lui aussi me regardait.

– Ferme les yeux, lui ai-je conseillé.

Il m'a obéi. Mais, une seconde plus tard, il les a rouverts. Il morphosait, mais lentement. Il rapetissait rapidement en revanche, il ne mesurait déjà plus qu'un mètre. Des ailes brunes commençaient à lui pousser dans le dos. Mais les choses vraiment répugnantes n'avaient pas encore commencé.

J'ai senti mon propre corps rétrécir et j'ai vu le sol s'étendre tout autour de moi. J'ai vu ma peau se durcir et prendre une couleur jaune-brun. Elle ressemblait un peu aux ongles d'un homme très âgé. J'ai de nouveau jeté un œil sur David. Il s'éloignait de moi, cc qui n'était pas plus mal. Il rétrécissait encore. Le corps du cafard prenait forme. Son cou avait déjà disparu, les ailes étaient bien visibles, ses bras avaient commencé à se segmenter. Ses jambes également.

Mais son visage était encore essentiellement celui d'un humain. Il se distordait, se déformait à mesure qu'il se transformait en une face de cafard. Ces yeux, en revanche, ne changeaient toujours pas.

« Il supporte bien la chose, ai-je pensé, mais attendons que poussent les pattes supplémentaires. »

Juste à ce moment-là, elles sont apparues. D'abord sur moi.

Splout ! Splout !

Elles ont jailli de ce qui avait été mes côtes. Deux longues et grosses pattes poilues de cafard. Et je crois que mon visage a également fini de se transformer à ce moment-là car, quand j'ai voulu regarder David, je l'ai vu à travers des yeux à facettes.

J'avais devant moi des centaines de petites images déformées de lui. Sa bouche était grande ouverte pour crier.

Et l'espèce de râle inquiétant et horrible qu'il a poussé a fait vibrer mes antennes.

CHAPITRE 25

Ce n'était pas vraiment un cri, étant donné qu'il n'avait presque plus de poumons. Mais il en avait encore suffisamment.

Une grosse voix de Hork-Bajir a retenti.

– Hitnef shellah ! Shellah ! Silence !

Tout est devenu silencieux. Quand David a crié une seconde fois, il était donc impossible de ne pas entendre.

– Aaaaahhh ! Aaaaahhh ! Aaaaahhh !

< La ferme, crétin ! > ai-je hurlé.

< David, du calme, tout va bien >, l'a rassuré Cassie, légèrement plus gentiment que moi.

– Haff Vysserk ! a raisonné la voix du Hork-Bajir.

Je n'avais pas besoin de dictionnaire français/hork-bajir pour comprendre. Ça voulait dire : « Allez chercher Vysserk ! »

< Il faut que nous partions d'ici ! s'est écrié Jake. David. David ! Écoute-moi. Il faut que tu te reprennes. Maintenant. Pas question de nous jouer l'hystérique plus longtemps. >

Le message a semblé pénétrer la conscience de David. Il s'est arrêté de crier. Mais il commençait à démorphoser. Il retrouvait peu à peu sa forme humaine.

< David, est intervenue Cassie. Écoute-moi. Tu vas mourir si tu ne réagis pas. Continue de morphoser en cafard. C'est la seule solution. >

< Pas question ! >

< Fais-le David, a-t-elle insisté. Je sais que c'est répugnant, mais c'est mieux que de mourir. Regarde, nous l'avons tous fait. Y compris Marco. Il n'a pas crié comme un bébé, non ? Est-ce que tu serais moins fort que Marco ? >

Je ne connaissais pas cet aspect de la personnalité de Cassie. Elle arrive toujours à bien comprendre les gens. Mais je n'avais jamais remarqué qu'elle était également excellente pour les manipuler si besoin était.

< Tu sais ce qu'a fait Marco la première fois qu'il a morphosé en cafard ? a-t-elle continué. Exactement comme toi. Il a eu la frousse. Mais il a tenu bon. Ce

n'est pas un problème que tu aies peur. Mais tu dois tenir bon. >

Je l'ai observé, et lentement, lentement, il a fini de se transformer en cafard.

Bien entendu, il allait désormais me haïr. Cassie avait exploité la tension qui existait entre nous pour le faire plier. Elle avait eu raison de le faire.

C'était le seul moyen pour nous de rester en vie. Mais c'était quand même un peu dur, dans un sens.

Je n'avais pas vraiment le temps de penser à tout ça.

Parce que maintenant l'hélicoptère décollait du sol. Les Yirks utilisaient un champ magnétique pour le soulever et voir ce qu'il y avait en dessous.

< *S*'il peut le faire, je peux le faire >, a finalement déclaré David.

J'aurais dû tenir ma langue. Mais j'ai l'impression que ce n'est pas vraiment moi quand je ne fais que des choses sensées. J'ai donc dit :

< Quand tu auras flanqué une raclée à la moitié des Yirks que j'ai corrigés, tu pourras parler, le nouveau. >

Vous voyez ? C'était stupide. Maintenant, j'étais au moins sûr d'une chose : David me détestait.

< Tirons-nous d'ici ! > a crié Jake alors que le « ciel »

s'éclaircissait au-dessus de nous à mesure que l'hélicoptère se soulevait lentement.

Nous avons foncé comme seuls des cafards peuvent le faire, avec nos six pattes qui moulinaient de manière démoniaque. Un peu comme le coyote du dessin animé quand il part à la poursuite de Bip-Bip.

Zoom ! A travers le pont métallique.

Zoom ! Par-dessus un interstice qui ne devait pas mesurer plus de cinq millimètres, mais qui semblait être un énorme fossé.

Zoom ! Mes yeux à facettes au ras du sol, mes antennes emportées par la vitesse et projetées en arrière.

Zoom ! Nous étions des voitures de sport sur une autoroute. Des Porsche sur un circuit ! Des dragsters lancés à fond ! Nous étions au maximum de notre vitesse de cafard.

Ce qui, manque de chance, représentait à peu près l'allure d'un adulte en train de marcher.

< Écrasez-les ! s'est exclamé triomphalement Vysserk Trois. Écrasez-les ! >

Mais nous avions une autre particularité : en plus d'être répugnants, nous étions très agiles. Avez-vous jamais essayé de piétiner un cafard qui file à toute allure ? Avez-vous jamais essayé de piétiner un cafard qui posséderait l'intelligence d'un humain ?

Ce n'est pas facile, croyez-moi.

Whoooosh ! Une chose énorme est descendue du ciel, recouvrant tout l'espace au-dessus de moi.

J'ai ralenti mes pattes de gauche, maintenu celles de droite à la même allure, ce qui m'a permis de prendre un virage que même la Batmobile aurait été incapable de prendre.

Baaaannngggg ! La patte griffue d'un Hork-Bajir, qui faisait à peu près la taille d'un département, s'est écrasée derrière moi. Ah ah ah ! Trop lente.

Elle m'avait manqué d'environ deux millimètres. La prochaine attaque serait la bonne.

Et puis…

< Une ouverture droit devant ! > a hurlé Jake.

Une ouverture sur quoi ? Je m'en fichais. J'ai distingué une sombre ligne horizontale qui s'étendait à l'infini sur ma gauche, et presque à l'infini sur ma droite. Il s'agissait juste d'une jonction entre deux planchers métalliques de différents niveaux, mais il y avait de quoi y glisser une pièce de monnaie, ce qui était largement suffisant pour moi.

Whoooosh !

Baaaannnggg !

< Aaaaahh ! >

Je ne courais plus que sur cinq pattes. L'une d'elles avait été arrachée à sa base quand un orteil de Hork-Bajir s'était posé dessus. Le cafard n'en avait rien à faire. Ça m'a donné la chair de poule, mais le cafard était indifférent.

Nous étions dans un univers à deux dimensions. En dessous de nous, de l'acier. Au-dessus de nous, appuyant sur notre dos, de l'acier. Nous pouvions avancer, reculer, tourner à droite ou tourner à gauche. C'était tout.

< Lumière droit devant >, a annoncé Ax.

Nous nous sommes dirigés vers la lumière. Au-dessus de nos têtes résonnaient des bruits de pas assourdissants, comme des coups de tonnerre puissance dix. Des douzaines de monstrueux Hork-Bajirs couraient sur le sol métallique sous lequel nous nous trouvions. Nous avions l'impression de nous déplacer dans une batterie sur laquelle quelqu'un serait en train de taper.

Boum ! Boum ! Boum ! Boum !

< Alors, tu ne trouves pas ça drôle, David ? ai-je demandé en essayant de faire un peu d'humour. Ah

oui, la vie d'un Animorph, ce n'est pas la routine. C'est l'aventure assurée. >

A mesure que nous avancions, la faible lueur gagnait en intensité. Et soudain, le martellement des pas a cessé. Nous étions passés sous une sorte de mur. Je crois qu'on appelle ça une cloison dans un vaisseau spatial. Enfin bref, le vacarme était derrière nous, la lumière au-dessus de nous, et j'ai commencé à entrevoir une lueur d'espoir au milieu de toute cette terreur.

Je dois vous préciser une chose au sujet des cafards : ils ne se fatiguent jamais.

Pchhhhhhiiiiiiiiiit !

< Qu'est-ce que c'est que ce bruit ? > a demandé David.

Tout mon corps pouvait situer l'origine de ce sifflement au-dessus de nous. Et mes antennes, qui avaient détecté une odeur plutôt désagréable, ont diffusé en moi un sentiment de malaise.

Je me suis arrêté. J'ai fait demi-tour sur moi-même pour regarder derrière. Rien. Rien d'autre qu'une fente horizontale. Mais quelque chose approchait de nous… je le sentais désormais.

Quelque chose qui avait une odeur très forte.

Quelque chose qui…

< Bouchez-vous le nez ! ai-je hurlé. Ils pulvérisent de l'insecticide ! >

CHAPITRE 26

< La lumière ! s'est écrié Ax. Dirigez-vous vers la lumière ! >

< Si l'insecticide arrive jusqu'à nous, nous allons nous diriger vers une lumière bien particulière, nous irons dire bonjour aux anges dans le ciel et répondre de nos péchés devant saint Pierre ! > ai-je dit.

< Quoi ? > s'est étonné Ax, qui semblait ne pas comprendre.

< Continue à courrrrriiir ! >

L'insecticide. La lumière. L'insecticide. La lumière.

Un poteau qui montait vers la lumière.

Zooom ! Un cafard l'a escaladé à toute vitesse.

Zooom ! Zooom ! Zooom !

Puis ce fut mon tour. Le petit cerveau de l'insecte, qui n'était pas capable d'additionner deux et deux, était un génie quand il s'agissait de fuir. J'ai fait un petit bond, je me suis accroché au poteau et j'ai grimpé.

Zoom !

L'insecticide se répandait en dessous de moi. J'ai accéléré l'allure, toujours vers la lumière.

< Yeeeeehaaaahhh ! me suis-je mis à hurler de joie comme un fou, trop heureux d'avoir sauvé ma peau. Rachel va être furieuse d'avoir manqué ça. >

Nous étions dans une pièce baignée de lumière. Il y avait encore un sol métallique tout autour de nous, mais seulement une paire de pattes hork-bajirs à l'horizon. Et soudain, au-dessus de ma tête, je l'ai vu : un truc gros comme l'Empire State Building. Une gigantesque chaussure, au talon un peu usé, totalement immobile. Elle était si grande qu'elle semblait se perdre dans le ciel. Un bon cinquante, comme pointure.

Mais plus important encore, mes étranges yeux fragmentés, qui me faisaient voir le monde d'une manière complètement folle, ont réussi à distinguer une espèce de coupure sur le talon.

< L'homme à la chaussure tailladée ! > me suis-je écrié.

< Qui ? > a demandé Cassie.

< Le président des États-Unis ! me suis-je exclamé.

J’ai toujours rêvé de le rencontrer. Mais je dois avouer que je ne pensais pas le voir dans ces circonstances. J’espérais pouvoir lui serrer la main. Je m’imaginais que j’aurais des mains. >

Des bruits de pas qui approchaient. Des pas étranges.

< Une créature à quatre pattes >, a annoncé Ax de manière sinistre.

Ce ne pouvait être qu’une personne.

< On se cache ! > a ordonné Jake.

< Où ? > ai-je voulu savoir.

< Sur la jambe ! > s’est écriée Cassie.

Nous avons escaladé la jambe du président. Nous sommes passés sur la chaussure soigneusement cirée. Sur la chaussette. Sur la peau. Nous étions abrités sous le tissu gris du pantalon, parmi une forêt de poils épars.

Clipclop ! Clipclop !

Les sabots s’avançaient dans la pièce.

Vysserk Trois.

< Faisons vite, a grommelé Vysserk au garde hork-bajir. Des insectes ont été découverts sous l’hélicoptère. Nous ne savons pas s’il s’agit des résistants andalites ou de simples insectes. Enfin, peu importe,

nous n'avons pas de temps à perdre. Je vais l'acquérir maintenant. >

« L'acquérir ? ai-je répété dans ma tête. Hum ? »

Et puis j'ai soudain réalisé. L'homme à la chaussure tailladée n'allait pas être infesté. Vysserk Trois allait acquérir son ADN. Il voulait être capable de morphoser en président !

Bien sûr ! Comment avais-je pu être aussi naïf ? Comme si Vysserk Trois allait laisser un autre Yirk contrôler l'homme le plus puissant de la terre !

Il allait l'acquérir. Il pourrait ensuite devenir le président quand il le voudrait.

Tout à coup, nous avons bougé. Le Hork-Bajir traînait l'homme à la chaussure tailladée le long du pont.

< Et maintenant ? > a demandé David.

< Bonne question >, a chuchoté Cassie.

L'homme était porté dans un autre endroit.

< Ils le remettent dans l'hélicoptère, a dit Ax. Je crois qu'ils ont l'intention de faire repartir l'appareil et de remplacer l'hologramme par l'original. Ils vont ensuite faire reprendre connaissance à l'équipage, et personne ne se souviendra de tout ça. Comme si rien ne s'était passé. >

< Tu as raison >, a approuvé Jake.

< Est-ce que nous repartons sur cette jambe poilue, ou est-ce que nous sortons d'ici pour faire quelques dégâts dans le vaisseau Amiral ? > ai-je voulu savoir.

< Nous sortons d'ici, a décidé Jake. Nous ne pouvons pas démorphoser dans l'hélicoptère du président. Il ne sera pas seul. Et même si c'est un gars bien, ceux qui l'accompagnent verront peut-être les choses différemment. Il pourrait y avoir du grabuge. >

< Alors ? a fait David qui semblait plein de courage. Je crois qu'il va falloir flanquer des raclées ? >

< Pas à notre président >, ai-je ajouté ironiquement.

Nous nous sommes remis en marche dans la forêt de poils. Nous sommes passés sur les chaussettes, puis sur les chaussures, avant de sauter sur le quai métallique.

< Retour à la case départ, a remarqué Cassie. Nous voilà revenus sous l'hélicoptère. >

Cela nous a pris quelques secondes avant de réaliser ce que cela signifiait réellement. Nous étions posés sur la paroi du sas. Le sas qui allait s'ouvrir pour laisser partir l'appareil.

< Oh, oh ! > ai-je fait au moment où le sol a com-

mencé à bouger sous nos pattes, juste en dessous de nous.

Une ligne lumineuse est apparue sur le sol, à quelques centimètres de l'endroit où nous nous trouvions.

Je me suis mis à courir.

La ligne s'est élargie.

Et là, je me suis aperçu que même un cafard ne pouvait pas lutter contre le vent.

Le vent qui s'est engouffré, m'a soulevé, m'a fait tourbillonner dans les airs et m'a projeté vers la fente du sol.

< Noooon ! > ai-je hurlé.

J'ai vu deux cafards passer comme des flèches dans les courants d'air tourbillonnants.

J'ai essayé de m'agripper au pont avec mes pattes de devant. J'y suis parvenu pendant un millionième de seconde.

Et puis je suis tombé.

Je suis tombé en tournoyant, toujours plus bas, plus bas, plus bas, vers le sol.

A suivre...

Loi n° 49-956 du 16 juillet 1949
sur les publications destinées à la jeunesse
ISBN 2-07-052615-1
Dépôt légal : mars 1999
Numéro d'édition : 90057
Numéro d'impression : 46009
Imprimé sur les presses de l'imprimerie Hérissey (Évreux)